할머니 이야기를
들려주세요

할머니 이야기를 들려주세요

초판 1쇄 발행 2020년 9월 9일
2쇄 발행 2021년 8월 12일

지은이 은정아
펴낸이 강수걸
편집장 권경옥
편집 강나래 김리연 신지은
디자인 권문경 조은비
경영관리 공여진
펴낸곳 산지니
등록 2005년 2월 7일 제333-3370000251002005000001호
주소 부산시 해운대구 수영강변대로 140 BCC 613호
전화 051-504-7070 | 팩스 051-507-7543
홈페이지 www.sanzinibook.com
전자우편 sanzini@sanzinibook.com
블로그 sanzinibook.tistory.com

ISBN 978-89-6545-669-8 03800

* 책값은 뒤표지에 있습니다.
* 이 도서의 국립중앙도서관 출판예정도서목록(CIP)은 서지정보유통지원시스템 홈페이지(http://seoji.nl.go.kr)와 국가자료공동목록시스템(http://www.nl.go.kr/kolisnet)에서 이용하실 수 있습니다.(CIP제어번호: CIP2020034543)

할머니 이야기를 들려주세요

인터뷰 글쓰기
잘하는 법

은정아 지음

산지니

여는 글

나는 왜 할머니의 이야기를 듣게 되었나?

나는 방송작가다. 어느 날 편집실에 앉아 촬영본을 보는데 인터뷰이의 손이 보였다. 애써 평온한 표정으로 괜찮은 듯 말하고 있었지만, 손이 안절부절못하고 있었다. 화면 멈춤을 누르고 모니터를 한참 바라보았다. 낯설었다. 나는 그와 장시간 통화한 뒤, 직접 만나 인터뷰했고 그의 이야기를 듣다가 울컥하기도 했다. 그러나 오랜 노동의 흔적이 새겨진 까칠하고 검은 손을 보는 순간, 그에 대해 하나도 모르고 있음을 깨달았다. 가슴이 서늘했다. 무언가 아주 중요한 걸 놓치고 있는 것 같았다.

어쩌면 당연한 일이었다.

방송 인터뷰는 목적이 분명하다. 주제를 정하면

그에 맞는 이야기가 필요하다. 몇 년간 수많은 이들과 만나 인터뷰했다. 그들에 대해 열심히 공부하고, 사전 조율을 하며 질문지를 작성했다. 마침내 인터뷰이를 만나 한순간을 공유했다. 그들이 전하는 말에 고개를 끄덕이며 가깝다고 느끼기도 했다. 감동하기도 했고, 아파하기도 했다. 그러나 그걸로 끝이었다. 온전히 하나로 존재하는 '그 사람'이 아닌 그를 통해 나온 '특정 문장'이 필요했기 때문이다.

인터뷰가 거듭될수록 더 공허해졌다. 사람을 만날수록 더 그리워졌다. 어디서 새는지 알 수 없는 작은 구멍이 난 풍선 같았다. 내 안을 채우고 있던 것이 조금씩 빠져나가고 있었다. 밤을 새워도, 막차를 타도, 주말 없이 일해도 늘 일을 하며 충만했는데, 그 마음이 사라져갔다. 적당한 선에서 타협하고 싶은 마음만 자꾸 일었다. 풍선의 바람이 더 빠지기 전에 방법을 찾아야 했다.

내가 찾은 첫 번째 방법은 문화인류학 공부였다. 문화인류학은 질적 연구를 통해 문화와 사람에 대해 알아가는 학문이다. 대학원을 다니며 공부의 재미도 느꼈고, 이론의 중요성도 깨달았다. 내가 목말라 하던 부분을 촉촉이 적셔주기도 했다. 질적 연구가 큰 비중을 차지하는 문화인류학 공부를 하며, 인터뷰(면담)에 대해서도 체계적으로 배울 수 있었다. 그 결과, '깊고 통합적인 사고를 하게 됐고, 모든 문제는 해결되었다!'라고 속 시원히 말하면 좋겠지만, 아쉽게도 아니다. 인생이란 그렇지 않은가. 공부만으로는 한계가 있다.

그러다 또 다른 기회가 찾아왔다. 신문을 보다 『수원골목잡지 사이다』(이하 『사이다』)를 알게 된 것이다. 2012년 4월 창간호를 낸 『사이다』는 골목을 찾아다니며 소소하고 사소해서 빛나는 일상의 가치를 재발견해 기록하는 잡지다. 골목 할머니의 넋두리, 이름 없는 들풀 이야기, 경제 논리에 밀려 사라지는 오래된 건물의 역사 등 소위 돈 안 되는 이야기만 골라 싣는 잡지가 흥미로웠다. 더 놀라웠던 것은 단순히 돈 안 되는 정도가 아니라, 돈을 쓰면서 이 잡지를 만든다는 것이었다. 모든 필진은 재능 기부를 했고, 출판사는 약 5,000부를 무료 배포했다(2020년 『수원골목잡지 사이다』는 콘텐츠를 깊이 있게 보강해 유료 잡지로 재창간했다). 자본의 논리에 역행하는 잡지에 강한 호기심을 느꼈다. 당시 나는 수원 생협 신문에서 기자로 활동하고 있었고, 취재를 핑계로 『사이다』에 갔다. 그것이 시작이었다. 2013년부터 현재까지 마을의 할머니, 할아버지를 찾아가 이야기를 듣고 『사이다』를 비롯한 다양한 매체에 글을 쓰고 있다.(이 자리를 빌려, 할머니, 할아버지의 따뜻하고 깊은 세계와 만날 수 있도록 이끌어주신 『수원골목잡지 사이다』 편집장 및 관계자들께 고맙다는 인사를 전하고 싶다. "고맙습니다! 정말!")

내가 만난 인터뷰이는 크게 두 부류로 나눠진다. 하나는 끊임없이 말을 쏟아내는 쪽으로, 주로 할머니다. 삶 모퉁이마다 이야기가 차고 넘친다. 시어머니의 모진 말에 가슴 아파 혼자 울던 새댁은, 팔십 할머니가 되어도 여전히 그 말이 아프다. 평생 그 누구 하나, 당신의 이야기를 제대로 들어준 적이 없기에 할머니는 했던 이야기를 하고, 또 하며 '지금' 아픈 마음을 쏟아낸다. 오래 잠겨 있던 낡은 수도꼭지가 열린 것처럼 갖가지 재미있는 이야기가 봇물 터지듯 나오는 이들도 있다. 팔딱팔딱 생생한 말이 세월을 넘나든다. 다채롭고, 신기하고, 영롱한 이야기 사이로 흥이 넘친다.

반면 단답형으로 간략히 대답하는 부류도 있다. 꼭 그렇진 않지만 주로 할아버지다. 젊은 시절 누렸던 사회적 지위처럼 본인이 강조하고 싶은 것만 비교적 자세히 대답하고, 그 외의 일상과 관련된 질문은 '예. 아니요. 잘 기억 안 납니다'만 반복하기도 한다.

할머니도 할아버지도, 이런 분도 저런 분도 인터뷰하겠다고 온 나를 참 반가워해주셨다. 말은 '나 같은 사람 이야기 뭐 쓸 게 있어' 하시면서도, 대개 얼굴에는 발그레 홍조가 돌았다. 오래된 앨범이 다시 기지개를 켜고, 마음 한편에 묵혀두었던 추억이 재조명 받았다. 앨범을 손으로 짚어가며 설명하다 먹먹한 눈으로 머뭇거리는 순간. 젊은 날의 추억을 떠올리는 할아버지의 열변. 한국전쟁으로 엄마를 잃은 할머니의 목에서 겨우 나오는 '엄마'라는 말의 무게……. 하나둘 잊혔던 이야기가 무대 위로 올려졌다. 시공간을 넘어 함께하는 그 따뜻한 느낌이 참 좋았다. 할머니, 할아버지 이야기를 듣고, 그 속에서 보물을 찾아내고, 이야기를 엮어가는 것. 평범하지만 모두 다른 삶을 살아온 이들과의 친밀한 만남은 그 자체로 내게 큰 배움이었고, 신세계였다. 그저 열심히 듣고, 기록하고, 기다렸을 뿐인데, 내면에서 들리던 바람 빠지는 소리가 사라져갔다. 납작하던 삶이 조금씩 다시 부풀어 올랐다. 내게 일어나는 변화가 놀라웠다.

물론 과정 내내 행복하기만 했던 것은 아니다. 취재가 부실해, 부족한 글을 쓸 때면 엄청난 자괴감을 느꼈다. 마음을 쏟았던 할머니의 다른 면을 보고 낙담한 적도 있다. 그렇지만 대체로 만족했고 그보다 행복했다. 한 사람을 만나, 그의 이야기를 집중해 듣고, 이해하고, 다시 글로 써내는 작업은 나를 변화시키고 성장시켰다. 여성학자 정희진은 『정희진처럼 읽기』에서 '몸이 책을 통과하여 텍스트 이전의 내가 이후의 나로 변화하는 것'이 독후의 감, 즉 독후감이라고 했다. 한 사람을 만나 인터뷰하고, 글로 남기는 과정도 다르지 않다. 인터뷰는 사람이라는 책을 정독하는 과정이기 때문이다. 할머니의 삶을 듣고, 기록하고, 보듬으며, 인터뷰 이전의 내가 이후의 나로 변화했다. 나는 다른 글을 쓰는 다른 사람이 되었다. 그렇게 새로운 문을 향해 뛰어들었고, 나는 그 속에서 성장해갔다.

잃어버린 할머니의 목소리를 찾아서

안데르센의 동화 『인어공주』에서 마녀는 인어공주에게 두 다리를 내주고 목소리를 앗아간다. 안락한 자신의 세계에 안주하지 않고, 순수한 욕망을 향해 돌진할 정도로 주체적이었던 인어공주는 목소리를 빼앗기자 한없이 수동적인 존재가 된다. 말을 잃어버린 인어공주는 오로지 왕자의 선택을 기다릴 뿐이다.

그렇다. 자신의 말을 잃어버린 자는 쉽게 대상화된다. '촌스러움. 순박함. 예의 없음. 비루함. 꼰대. 푸근함……'. 노인을 대상화하는 이미지들이다. 이때의 노인은 단지 '나이'만으로 규정되지 않는다. 자본주의 사회에서 '돈이 많은 나이 든 사람'은 '사장님, 사모님'

처럼 다른 호칭으로 불린다. 우리가 '노인'이라 칭하는 사람은 사회에서 비주류로 물러앉은 힘없고 나이 많은 사람, 즉 약자다. 약자의 목소리는 잘 들리지 않는다.

앞서 언급한 것처럼 할아버지와 할머니의 인터뷰는 (당연히 개인차가 있지만) 크게 보면 패턴이 있다. 성별의 특징 혹은 성별 고정관념에 의한 사회화 영향이 크지만, 그런 부분을 고려하더라도 평균적으로 할머니 인터뷰 절대량이 할아버지보다 많다. 이유가 뭘까? 여러 가지 원인이 있을 것이나, 나는 오랜 세월 동안 자신의 목소리를 제대로 내지 못했던 게, 이 차이를 만든 큰 이유 중 하나라 생각한다. 시대가 녹록지 않았는데, 할아버지라고 왜 힘든 일이 없었겠는가. 다만 가부장 사회에서 할아버지는 술자리든, 가족 모임이든 큰 소리로 말할 기회가 있었다. 또 사회 이곳저곳에서 할아버지에게 '수고했다'는 말로 격려를 해왔다. 자신의 언어로 자신의 감정을 말할 수 있고, 존재 가치를 꾸준히 인정받아온 자는 쌓인 게 적다.

반면 할머니는 다르다. 말을 삼키고 억눌러왔다.

우리 사회는 할머니의 목소리를 궁금해하지 않았다. 할머니는 노인이 되어 갑자기 말을 잃어버린 게 아니다. 소녀, 누이, 아내, 엄마, 그리고 할머니가 되는 긴 시간 동안 할머니는 언제나 자신의 언어를 갖지 못한 약자였다. 할머니 머리 위에는 평생 물동이가 얹어져 있었다. 물동이는 점점 더 무거워졌고, 그 무게에 눌려 목소리도 점점 더 잠겼다. 자신의 목소리를 잃은 소녀, 누이, 아내, 엄마였던 할머니의 생은 납작하게 박제되었다. 이제 잃어버린 할머니의 목소리를 되찾아야 한다.

지금도 시간은 흐른다. 할머니와 함께 한 세계가 사라진다. 이 땅의 할머니가 겪어온 고유한 시간의 이야기는 한 번 사라지고 나면, 그 어떤 것으로도 복원될 수 없다. 지금, 여기에서 우리가 할머니 목소리를 듣는 것. 이것은 그 자체로도 의미가 크다.

자본주의는 마치 우리가 영원히 젊게 살 것처럼 소비하라고 부추긴다. 노년의 삶은 부정된다. 그러나 우리는 알고 있다. 시간은 반드시 흐른다. 우리는 모두 늙고 죽는다. 100% 필패의 싸움이다. 자본에 휘둘리지 않고 남의 시선에서 벗어나 개인의 주체적 삶을 지키려면 생에 대한 큰 그림이 있어야 한다. 어른의 시선이 필요하다.

어른이란 무엇일까. 내가 생각하는 어른이란 여름 땡볕 아래에서도 겨울의 혹한이 온다는 것을 아는 사람이다. 파도가 왔다가 가는 것을 아는 사람이다. 나도 아프지만, 누군가는 더 큰 아픔을 안고도 용기 내서 살고 있음을 아는 사람이다. 지금 내가 발 딛고 있는 눈앞의 현실만이 전부가 아니라는 것을 아는 사람이다. 자신의 삶을 열심히 살아내고, 그 마음을 다른 이와 나눌 수 있는 사람이다.

삶을 아는 어른을 만나 그들의 이야기를 들으며 우리의 세계는 더 넓고 깊어진다. 자본에 휘둘려 일희일비하지 않고 큰 맥락에서 삶을 볼 수 있는 여유와 지혜를 배운다. 그래서 우리는 어른의 이야기가 필요하다.

우리가 사는 세계는 가까이에서 자세히 보면 모두 다르지만, 멀리서 크게 보면 다르지 않다. 내가 가보지 못했으나, 반드시 갈 세계를 먼저 경험한 이들의 이야기. 그 속에 담긴 수많은 지혜와 통찰이 사라지기 전에 기록하고 남겨야 한다. 지금까지 우리 사회에는 그런 기회가 많지 않았다. 대신 '어른'이 없다고 말해 왔다. 그러나 '어른은 이미 있다. 단지 널리 발견되지 못했을 뿐'이다. 모진 풍파를 이기고 살아낸 '할머니의 삶'이 기록되고 보존되어야 하는 이유다.

할머니의 생을 토닥이고 나의 삶을 어루만지는 글쓰기

나는 누구의 삶이든 제대로 듣고, 제대로 쓴다면 예술이 될 수 있다고 믿는다. 소박하면 소박해서, 평범하면 평범해서 의미가 있다. 문제는 '그 의미를 어떻게 찾고, 어떻게 세상에 전하는가'이다.

사람마다 걸어온 길이 다르다. 당연히 인터뷰이와 함께 되짚어가며 걷는 길도 모두 다를 것이다. 누군가의 길은 꽃길을 걷듯 즐거운 마음으로 갈 수 있겠지만, 다른 이의 길은 벼랑 끝에 있는 것처럼 아슬아슬

한 마음으로 걷게 될 것이다. 그러나 어떤 길로 가든 공통으로 챙기고, 준비하고, 반드시 해야 할 기본이 있다. 기본을 알아야 상황에 맞게 응용할 수 있다.

이 책은 '기본'을 단계별로, 최대한 쉽게 알려주려고 애썼다. 실제 인터뷰에서 도움이 될 만한 방법론도 최대한 쓰긴 했지만, 사실 이는 부차적이다. 중요한 것은 태도다. 이 책을 통해 인터뷰이를 대하는 마음, 인터뷰 글쓰기의 기본, 글쓰기에 관한 생각 등을 되짚어 볼 수 있다면 좋겠다.

인터뷰 대상을 '할머니'라고 정했지만, 다른 대상으로 확장해도 상관없다. 기본은 늘 기본이다. 누구를 인터뷰하더라도 적용할 수 있다. 마주 앉아 이야기를 듣고, 그의 생을 이해하고, 내게 온 그의 이야기를 다시 세상으로 보내는 전 과정에 구체적인 도움이 될 수 있길 바란다.

무엇보다 '인터뷰이의 말이 나를 통과해 내가 변화한 느낌을 쓰는 과정'인 인터뷰 글쓰기를 꼭 경험해 보길 권한다. 글 내용의 주인공은 할머니지만, 글의 주체는 글 쓰는 이, 즉 나다. 할머니의 수많은 이야기 중,

유독 내게 와 나를 떨게 하고, 침묵하게 하고, 눈물짓게 만드는 순간, 감정, 상황을 포착해 써보자. 표현이 투박해도 좋다. 그 마음을 잘 담아내기만 해도 세상에 하나밖에 없는 나의 언어가 만들어진다. 그렇게 우리는 듣고 쓰며 자란다. 어제와 다른 내가 만들어낸 언어는 세상 밖으로 나가 또 다른 이야기를 만들어낼 것이다. 무엇보다 할머니의 생을 토닥이고, 나의 삶을 어루만져줄 것이다.

한 사람의 이야기를 듣고, 온몸으로 이를 받아들여, 다시 쓰는 인터뷰 과정을 통과하며 우리는 변한다. 나아간다. 어제보다 나은 내가 된다.

당신도 나처럼 그 짜릿하고 뭉클하며 따뜻한 경험을, 반드시 해보길. 권하고 또 권한다.

차례

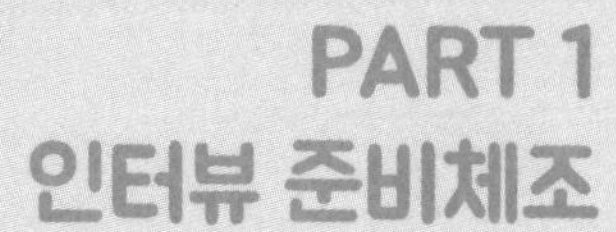

PART 1
인터뷰 준비체조

—

매 순간 존재는 시작된다.
모든 여기를 중심으로 저기라는 공이 굴러간다.
중심은 어디에나 있다.

프리드리히 니체, 『차라투스트라는 이렇게 말했다』

'누구를 인터뷰할 것인가. 어떻게 할 것인가. 왜 할 것인가.'
인터뷰 준비는 이 물음에 대한 답을 찾는 과정이다.
그래서 인터뷰 준비는 시작이자, 중심이다.

어떤 할머니의 이야기를 들을까?

내 가족이라면

이소현 감독의 〈할머니의 먼 집〉은 손녀가 할머니를 기록한 다큐멘터리 영화다. 다큐멘터리 초반, 손녀는 할머니에게 묻는다. '왜 죽을라 그랬어?' 손녀는 수십 번 곱씹고 곱씹었을 이 질문을 '밥 먹었어?'라고 묻듯 무심히 묻는다. 자살 기도를 했던 할머니 역시 '밥 먹었지'라고 말하듯, '아이, 성가신께'라고 답한다. 성가셔서 죽기를 결심하는 마음은 어떤 걸까. 관객은 의문을 품지만, 영화는 즉답을 주지 않는다. 대신 잔디, 돌, 장독대 위로 촉촉이 젖어 드는 비가 화면을 가득 채운다.

카메라는 할머니의 소소한 일상을 오목하게 퍼 담는다. 카메라(손녀)를 향한 할머니의 눈빛에는 애정이 넘친다. 카메라(손녀) 역시 할머니를 시종일관 따뜻하게 바라본다. 화면 속에 떠다니는 온기는 렌즈 너머 관객에게 고스란히 전해진다.

영화는 온기 가득한 시간만을 담지 않는다. 아니 담을 수가 없다. 우리 삶이 그렇지 않기 때문이다. 손녀의 카메라는, 아흔이 넘었지만 아니 아흔이 넘었기에 아프고 슬프고 힘든 일로 가득한 할머니 삶을 묵묵히 따라간다. 영화는 최대한 담담하게 할머니의 모습을 그리려 애쓴다. 할머니에게 너무 밀착했다 싶으면, 카메라는 멀어진다. 솔직하게 기록하되, 과장하지 않으려 적정거리를 유지한다. 할머니의 '성가신 삶'을 아프지만 따뜻하고 정직하게 기록한다.

내 가족인 할머니 삶을 듣고 기록하는 것은 그런 일이다. 핵심은 애정 어린 시선과 적정한 거리 사이에서 중심을 잃지 않는 것이다. 할머니는 나의 할머니이기 이전에, 완전히 독립된 한 개인이다. 개인은 여러 면으로 이루어져 있다. 상황과 역할과 시대에 따라 각기 다른 성격을 가진다. 우리는 이것을 잊기 쉽다. 태어날 때부터 '할머니'라는 한 면만을 봐왔기 때문이다. 그러나 너무나 당연하게도 '할머니'라는 타이틀은 한 사람이 가진 여러 역할 중 하나일 뿐이다. 인터뷰는 과거와 현재, 미래를 가로지른다. 수많은 공간을 넘나든다. 그곳에서 우리는 전혀 몰랐던 새로운 개인과 만난다. 독립된 개인으로서 할머니를 새롭게 이해하고, 최대한 존중하는 것이 우선이다. 인터뷰의 시작은 할머니에 대한 나의 선입견을 깨는 것에서 시작되어야 한다.

가족의 삶을 가감 없이 드러내는 것은 생각보다 어렵다. 나는 할머니 이야기를 듣고 기록하는 작가인 동시에, 인터뷰이의 손주다. 즉 그의 딸 혹은 아들의 자식이다. 벌써 머릿속이 복잡해진다. 신경 써야 할 관계가 한둘이 아니다. 단순히 할머니 개인 기록이 아닌, 가족사(혹은 치부) 공개 여부의 갈림길에서 갈등할 수 있다. 그 과정에서 상처를 주고받는 일도 생길 수 있다. 너무 많이 알고 있기에, 어디서부터 어디까지 글에 녹여야 할지 판단이 쉽지 않다. 가족이라는 복잡한 관계망 속에서 명확한 선을 긋기란 생각보다 어렵다.

결론부터 이야기하면, 이 고민에 명확한 정답은 없다. 다만 선택과 정도가 있을 뿐이다. 어느 정도 선에서, 어디까지 공개할지는 나의 선택이다. 이때 어떤 선택을 하든, 객관성을 지키는 것이 중요하다. 물론 이 원칙은 가족이 아니더라도 마찬가지다. 하지만 가족의 경우 더욱더 그렇다. 옆집 할머니보다 나의 할머니가 더 특별하게 느껴지는 건 당연하다. 문제는 단순히 나의 애정만으로 특별하다고 주장해서는 안 된다는 것이다. 반대로, 나의 할머니나 가족이기 때문에 비윤리적으로 강제 공개를 당해서도 안 된다.

어떤 선택을 하든 충분한 이유를 들어 설명하는 것이 중요하다. 감정보다는 이성적 근거로 판단하고, 결정하자. 그렇게 제대로 선택하고 정도를 걷자. 그 외에 다른 길은 없다.

마을 할머니라면

나와 가족 관계에 있지 않지만, 꼭 이야기를 듣고 기록으로 남기고 싶은 할머니를 만날 때도 있다. 평범한 할머니와의 만남은 『밀양을 살다』(밀양구술프로젝트 저)처럼 사회 문제를 계기로 이루어지기도 하고, 『할매의 탄생』(최현숙 저)처럼 특정 마을이나 장소에서 이루어지기도 한다. 나는 대부분 후자의 경우로 할머니를 만나고 인터뷰해왔다.

마을 기록을 하다 보면 여러 명의 할머니를 만나게 된다. 우리가 만난 많은 할머니 중 누구 이야기를 들을 것인가? 이것은 일종의 운명이다. 인연이 닿아야 한다. 그러나 인터뷰 인연은 저절로 주어지지 않는다. 거듭되는 우연과 필연이 운명 같은 인연을 만든다. 찰나의 느낌에 따르거나, 책상 앞에 앉아 고민하기보다는 운명의 상대를 찾아 발로 뛰는 적극적 행동이 필요하다.

1차 취재를 하며 마을 할머니를 만나 다양한 이야기를 나눠보자. 마을 역사, 사회 현안, 사적인 수다 등 무엇이든 좋다. 이때 유독 이야기가 매끄럽게 진행되는 할머니가 있다면, 관심을 가지고 더 만나보자. 이 과정을 몇 번 거치다 보면, 할머니가 달라 보인다. 할머니 웃는 모습에 덩달아 웃고, 거친 손의 온기에 나의 마음도 따뜻해진다. 할머니에게 마음이 열린 것이다. 사람 마음은 묘해서, 내가 품은 따뜻함은 상대방에게 금세 전해진다. 인류학에서는 이를 라포(신뢰)가 형성되었다고 한다. 그렇게 더 가깝게 느껴지고, 더 궁금해지는 할머니가 있다면 조심스럽게 예의를 갖춰 할머니 이야기를 듣고 싶다고 청해보자. 할머니의 이야기를 듣고 기록하고 싶어 하는 나의 진심이 전해진다면 수락해주실 것이다.

물론, 모두가 이 과정을 반드시 거쳐야만 하는 것은 아니다. 상황마다 다르다. 마치 내가 오길 기다렸다는 듯 만나자마자 풍성한 이야기를 풀어내는 할머니도 있다. 그러면 바로 인터뷰 진행 여부를 판단할 수도 있다. 또, 꼭 한 편의 글에 한 명의 할머니만 인터뷰해야 하는 것도 아니다. 여러 명을 동시에 인터뷰할 수도 있다.

하나 더 덧붙이자면, 마을 할머니가 나의 인터뷰 요청을 기다렸다는 듯 흔쾌히 허락해주실 거라 생각하지는 말자. 문화인류학과의 경우, 학기마다 새로운 장소로 참여 관찰을 간다. 특정 장소의 문화를 조사하고, 기록 · 분석하여 연구하는 참여 관찰은 인류학의 핵심적인 연구 방법이다. 학생들은 현장으로 떠나기 전, 조별 모임도 하고 개별 자료조사도 하면서 마을에 관해 공부하고 조사한다. 마을 지리를 익히고, 그곳의 역사를 조금씩 알아가는 과정을 거치며, 학생들은 자신도 모르게 마을 사람들을 친밀하게 느낀다. 선한 의도를 가진 나를 무조건 환영해주리라 생각한다. 그러나 현실은 냉정하다. 처음부터 인터뷰에 응해주는 마을 사람들은 많지 않다. 사실 상식적으로 생각해보면 당연하다. 낯선 이가 나의 일상적인 공간을 찾아와 나의 삶을 묻는다고 해서 대답해줄 이유도, 의무도 없다. 오히려 불쾌한 침범이라 여길 수 있다.

그러니 처음부터 과도하게 선을 넘지 말자. 인터뷰 의도는 자세히 설명하되, 할머니에게 부담을 줄 수 있는 말과 행동은 자제하자. 내 의도가 아무리 훌륭

해도 할머니가 그에 따를 이유는 없다. 또 내가 아무리 다양한 경로로 마을이나 할머니에 대해 조사하고 공부해 왔다 해도, 생생한 삶 앞에서 나의 앎이란 종이 한 장보다 가볍고 얕다. 겸손한 태도로 임하자. 잘 설명해 드리고 양해를 구하자. 무엇보다 할머니의 일상과 선택을 존중하자. 이런 예의 바른 태도가 운명의 할머니를 만나게 해줄 것이다.

동의에 대하여

방송국에서 처음 만든 프로그램이 데일리 시사 프로그램이었다. 주말을 제외하고, 5일 동안 방송이 나갔고 일곱 팀이 돌아가며 만들었다. 우리 팀 방송 순서는 일수 빚처럼 돌아왔다. 금방 방송을 끝내고 돌아서면 다음 방송이 턱밑에 와 있었다. 방송 주제가 정해지면 서브 작가인 나는 전화에 매달려 살았다. 주제에 맞는 사례자, 인터뷰해줄 전문가 등을 섭외해야 했기 때문이다. 섭외 성공률은 편차가 컸다. 주제가 명확하고, 이야깃거리가 분명하면 비교적 잘됐다. 당연하다. 나도, 전화기 너머 상대방도, 출연 혹은 인터뷰의 목적과 이유에 동의하고 있었기 때문이다. 반면, 아이템이 명확하지 않거나 말하기 어려운 주제인 경우는 섭외가 쉽지 않았다. 그런 날이면 긴 통화를 하고 또 해야 했다. 저녁이면 귀가 화끈거리고, 목이 쉬기 일쑤였다.

할머니 인터뷰도 다르지 않다. 일차적으로 나부터 동의가 되어야 한다. 나 먼저 왜 할머니 인터뷰를 하는지, 어떤 과정으로 하게 될지 분명히 정하자. 어떤 이유든 괜찮다. '할머니의 삶을 기록으로 남기고 싶어서', '숙제라서', '기사를 쓰고 싶어서', '논문을 쓰기 위해서' 등 무엇이든 가능하다. 이 목적에 맞춰, 인터뷰 진행 계획을 세우자. 그 후 할머니에게 인터뷰 목적과 과정을 충실히 설명하고, 동의를 받자. 이 과정은 할머니와 나, 모두를 위해 분명하고 정직하게 해야 한다. 뚜렷한 목적 없이 충동적으로 시작된 인터뷰는 흐지부지되기 십다.

이때 가족 동의도 함께 받는 것이 좋다. 할머니가 동의했더라도, 가족 동의 없이는 진행, 기록, 출판 등이 어려울 수 있다. 나 역시, 인터뷰 마무리 단계에서 가족의 반대로 무산될 위기에 처한 적이 있다. 다행히 가족을 만나 설득했고, 몇 가지 사항을 합의한 후 인터뷰를 완성할 수 있었다. 가족들이 반대하는 주된 이유는 인터뷰에 대한 오해나 걱정, 혹은 잘못된 선입견 때문이다. 이럴 때는 직접 만나 나의 목적을 공유하고, 진정성을 보여주는 것이 좋다. 가족이 우려하는 부분이 무엇인지 듣고, 어디까지 공개할 것인지, 표현 방법은 어떻게 할 것인지 함께 논의하자. 이때 '초고가 완성되면 가족의 검토를 먼저 받겠다'는 것처럼, 불안감을 줄일 수 있는 다양한 협의를 할 수도 있다. 경험상 처음에 반대했던 가족도 나중에 글로 발표되면 대부분 좋아한다. 자신도 몰랐던 할머니의 반짝거리는 새로운 모습을 발견할 수 있기 때문이다.

구두 동의와 함께 인터뷰를 가공해서 결과물(방송 제작, 책, 논문, 프로젝트 등)을 만들 경우 서면 동의도 함께 받는 것이 좋다. 중간에 다른 목적이 추가되거나 변경된다면 그때마다 추가 동의를 받자. 서면 동의서는 정해진 양식은 없으나 인터뷰의 목적을 분명히 밝히고, '녹취, 기록, 편집, 저작권, 출판' 등 기록물 관리의 권리를 명시하면 된다. 인터넷 검색을 하면 다양한 기관에서 올린 동의서 샘플이 있다. 이를 참고해 나에게 맞는 서면 동의서를 만들자.

온종일 섭외 전화를 했지만 모두 실패한 날이 있었다. 풀이 죽어 어두워지는 창밖을 보는 내게 메인 작가가 말했다. 어떻게든 인터뷰는 할 거고, 방송은 나갈 테니 걱정하지 말라고. 풀 죽어 있을 시간에 인터뷰할 다른 사람을 더 찾아보자고. 그렇다. 여러 번의 시도와 노력에도 불구하고, 인터뷰 당사자이든 가족이든 동의하지 않을 수 있다. 내가 할 수 있는 최선의 설득 과정을 거쳤다면, 인터뷰를 진행하지 않는 것이 맞다. 인터뷰는 이야기를 들려주는 이의 동의가 먼저다. 설득은 할 수 있어도 강요는 할 수 없다. 설사 동의 전 인터뷰를 몇 차례 진행하고 녹취록까지 다 작성했다 하더라도, 아니 초고가 거의 나왔다고 하더라도 인터뷰이가 원하지 않는다면 세상에 그의 이야기를 공개할 수는 없다. 언제나 그 결정에 따라야 한다(물론 지금은 아니더라도 시간이 지나 공개할 수도 있다. 포기라기보다 연기라고 생각하자). 세상에는 아무리 노력해도 안 되는 일이 있다. 그건 그냥 안 되는 것이다. 딱히 내가 무엇을 잘못한 것은 아니니, 너무 낙담하지는 말자.

동의는 민감하고, 중요한 문제이자 가장 기본이 되는 절차다. 동의 과정 전반에서 가장 중요한 것은 인터뷰 대상자(할머니)에게 인터뷰 목적을 정직하게 공유하고, 확실한 동의를 받는 것이다. 이 과정에서 언제나 할머니를 수단이 아닌 목적으로 대해야 한다. 최종 결과물의 형태가 무엇이든 그 과정에는 반드시 윤리성이 담보되어야 한다. 잊지 말자. 삶은 글보다 앞선다.

우리 미리 만나요, 할머니

잘 알려진 유명인을 인터뷰할 경우, 현장에 나가서 사전취재를 하지 않는 경우가 많다. 사전조사만으로도 충분하기 때문이다. 저술서, 논문, 기존 인터뷰, 방송 출연분 등을 통해 직접 만나지 않더라도 많은 정보를 알 수 있다.

할머니 인터뷰는 다르다. 기존 인터뷰 자료도, 유명한 저작이나 업적도 없다. 책상 앞에 앉아 우리가 만날 인터뷰이에 대해 알아낼 방법은 그리 많지 않다. 그래서 우리는 인터뷰를 준비할 때 말해야 한다. "우리 미리 만나요, 할머니."

잘 알고 있던 할머니나 내 가족이 인터뷰 대상이라도, 평소 만남과 사전취재는 다르다. 지금껏 우리가 알고 있던 할머니와 우리가 인터뷰할 할머니는 다른 사람이라고 생각하자. 할머니는 보통 중심보다는 변방에 머무르는 경우가 많다. 할머니를 익숙한 배경에서 떼어내 주인공 자리에 앉히자. 이제 할머니를 중심으로 배경을 재배치하자. 새로운 시선으로 할머니를 관찰하고, 주요 관심사를 파악하자. 어린 시절 이야기부터 현재까지, 생애 주요 순간들의 이야기를 들으며 우리가 몰랐던 할머니를 새롭게 알아가 보자. 물론 그렇다고 너무 무겁거나 진지하게 임할 필요는 없다. 할머니의 소소한 관심사로 이야기꽃을 피워보는 것도 좋다. 할머니 취미가 무엇인지, 단 음식을 좋아하는지 짠 음식을 좋아하는지, KBS 일일 드라마의 애청자인지 아닌지, 돈 잘 버는 자식이 있는지, 밥 잘 먹는 손녀가 있는지 무엇이든 좋다. 우리의 진짜 인터뷰는 아직 시작되지 않았다. 할머니가 미리 풀어주는 모든 걸 차곡차곡 잘 담아 오자. 풍성하면 풍성할수록 좋다. 이렇게 사전취재를 잘해야 할머니와의 실전 인터뷰가 알차진다.

이때 유의할 점이 있다. 사전취재 때는 모든 것이

불확실하다. 그러니 오해받을 행동이나 단정적인 말은 하지 않는 것이 좋다.

서울의 오래된 골목을 주제로 다큐멘터리를 기획하고 있을 때였다. 사전취재차 마을 토박이 분을 찾았다. 그분이 우리를 안내해 마을을 돌며 소개해주셨다. 덕분에 여러 가지 정보도 쉽게 얻었다. 그러나 마을 답사를 할수록, 우리가 자료로 보던 골목의 분위기와는 달랐다. 특정 지역의 홍보처럼 보일 우려가 있었다. 사전취재 후, 제작진은 고심 끝에 주제를 변경했다. 그리고 얼마 뒤, 우리를 도와주신 마을 토박이 분께 전화가 왔다. 반가운 마음에 받았는데, 가시 돋친 말이 쏟아졌다. 그는 우리가 자신을 이용했으며, 기만했다고 분노했다. 당시에는 억울했다. 처음부터 반드시 그 골목(정확히는 그분)을 찍겠다고 약속한 적은 없었다. 적지만 나름의 성의 표시도 했다. 그러나 조금 지나 생각하니, 그분 입장에서 오해할 여지가 있었다. 제작 과정을 명확히 설명하지 않고 사전취재를 했던 나의 잘못이 컸다.

사전취재는 말 그대로 할머니를 비롯해, 여러 가

지 현장의 상황을 모르기 때문에 하는 것이다. 모든 가능성이 열려 있다. 할머니와 만나 이야기를 나눴다고 해서 반드시 인터뷰로 진행되는 것은 아니다. 그러니 사전취재 전에 섣부른 약속이나 행동을 하지 않도록 유의해야 한다.

같은 맥락에서 나의 필요나 욕구가 크더라도, 나의 입장을 과하게 강요하거나 부담을 주지 않도록 노력하자. 인터뷰는 관계다. 적정한 선을 지켜야 신뢰가 쌓인다.

마을 기록을 함께 진행하거나 특정한 장소를 거점으로 그곳에 계신 할머니를 인터뷰할 경우, 할머니 개인에게 먼저 다가가기보다는 현지 마을 조사부터 차근차근 하기를 권한다. 이때, 마을이나 그 공간을 잘 아는 신뢰도가 높은 인물과 함께 하는 것이 좋다. 이들을 '게이트키퍼(gatekeeper)'라 부른다. 보통은 마을 이장님 혹은 상가번영회 회장님 정도가 되겠다. 이들은 마을 토박이이거나 마을에서 일정한 사회적 지위를 지닌 분으로, 마을 역사 전반을 완전히 꿰뚫고 있고, 구성원 사이에 신뢰가 높다. 이분께 먼저 인터뷰

취지를 정확하게 설명하고 함께 마을로 들어가 보자. 게이트키퍼와 함께라면 마을 분들이 크게 경계하지 않아, 할머니와 만나기가 상대적으로 쉽다.

사전취재는 마을에 들어선 순간 바로 시작된다. 모든 가능성이 열려 있다. 선입견을 버리고 어린아이의 눈으로 관찰하는 것이 좋다. 무엇보다 어설프게 아는 얕은 지식을 근거로 자의적 판단을 하지 않도록 노력하자. 관찰하고, 기록하자. 모르면 현지인에게 예의를 갖춰 물어보자.

반대로 나 역시 마을 분들의 취재(?) 대상이 될 수 있다는 걸 잊지 말자. 내가 특별히 잘나서가 아니라, 익숙한 마을 풍경에 '나의 존재'만 낯설기 때문이다. 의도치 않게 내 작은 행동이 크게 해석되거나 오해받을 수도 있다. 스스럼없이 마을 분들과 소통하되, 모르는 것을 배우고, 마을과 할머니에 대해 알고 싶다는 겸손하고 예의 바른 태도를 잃지 않는 것이 중요하다. 특히 시골 마을이나 구도심 마을처럼 공동체가 살아 있는 곳에서 기록과 인터뷰를 진행할 경우는 더욱 유의해야 한다. 왜곡된 소문이 나보다 빨리 할머니에게

도착할 수도 있다.

이장님을 따라 골목 안을 돌다 보면, 할머니나 할아버지가 모여 계신 경우가 많다. 이야기를 나누고 계실 때도 있고, 소일거리를 함께하고 계시는 경우도 있다. 일하실 경우에는 멀찍이 떨어져 있기보다 자연스럽게 옆에 앉아 거들어보자. 못 한다고 잔소리 들으며 함께 시간을 보내보자. 일을 잘해서가 아니라(실제로는 도움이 안 될 가능성이 크다), 태도가 예뻐서 할머니 마음이 활짝 열린다. 할머니만 달라지는 것이 아니다. 할머니 옆으로 다가가, 할머니 이야기를 듣다 보면 나도 어색함이 조금씩 사라진다. 인터뷰가 쉽고 재미있고 따뜻해진다. 자연히 쓸 이야기가 많아진다. 이 과정에서 할머니와 나 사이에 자연스럽게 신뢰가 생긴다. 신뢰가 있는 관계의 인터뷰는 양과 질이 다르다.

글의 토양을 단단하게 하는 자료조사

3년 차 작가일 때, 비정규직 인터뷰 모음집에 공동 저자로 참여한 적이 있다. 나의 인터뷰이는 비정규직 영화인이었다. 나 역시 비정규직 방송인이었기에 통하는 부분이 많았다. 나는 인터뷰이이자, 인터뷰어가 되어 함께했다. 당시 나는 사회 초년생의 일종의 (근거 없는) 정의감에 젖어 있었다. 인터뷰도 여러 번 하고, 충무로에 있는 영화산업노동조합 사무실도 방문했다. 방송 일정 때문에 시간 여유가 많지 않았지만, 틈틈이 열심히 썼다.

그러나 자료조사가 미약했다. 자료조사 없이 질문을 뽑으면 질문이 얕고, 겉돌기 쉽다. 깊이 있는 질문이 제대로 준비되지 않았는데, 깊이 있는 답이 나올 리 없다. 내가 듣고 싶은 것만 들린다. 나는 '비정규직 방송인과 비정규직 영화인은 구조적 착취를 당한다'는 결론을 짓고 들어갔다. 설사 그것이 사실이라고 해도 이를 뒷받침해줄 객관적 근거가 부족했다. 나의 머릿속에는 전형적인 할리우드 영화처럼 '나쁜 놈'이 정해져 있었다. 당연히 '착한 놈'은 우리 편이었다. 내가 옳다는 식의 주장만 앞세우고, 이를 뒷받침할 논리를 제대로 펼치지 못했다. 결과적으로 당위적인 질문과 답변만 오고 가다, 부록처럼 신세한탄이 따라붙었다. 나의 얕은 경험에 감정이 더해져 글이 부풀어 올랐다. 책이 나오고, 얼마지 않아 같은 팀 피디가 내게 말했다. '너무 단편적인 해석 아냐?' 그때는 기득권의 오만한 표현이라 생각했다. 그러나 오만했던 것은 나였다.* 얕은 경험을 기반으로 한 주장과 해석은 근거가 미약했다. 오히려 내가 말하고 싶었던 주제 의식—방송, 영화인 비정규직의 구조적 문제—을 희석시켰다.

* 이 부끄러운 글의 일부를 퇴고 샘플로 등장시켰다. '여백이 있는 글쓰기(p170)' 참조

만약, 자료조사를 제대로 하고 인터뷰를 진행했다면 어땠을까? 예를 들어 영화와 방송의 전체 구조는 어떻게 변화하고 있고, 실제로 어떤 사례들이 있는지, 주로 일하는 연령대나 작업 환경은 어떠한지 등을 분석한 객관적 지표를 가지고 인터뷰에 임했다면 더욱 핵심적인 이야기를 듣고 제대로 분석해서 내가 하고 싶었던 이야기를 보다 논리적으로 할 수 있었을 것이다. 그때의 나는 '무식하면 용감하다'는 말이 딱 맞았다. 지도도 없이 낯선 곳을 찾아가서 내 생각만으로 그곳의 잃어버린 보물을 찾을 수 있다 믿었다.

그로부터 약 5년 후, 할머니 인터뷰를 처음 할 때였다. 글을 쓰다 문득 뫼비우스 띠 위에 올라선 것 같은 기분이 들었다. 분명 열심히 듣고 돌아와 정리하고 신나게 다시 듣고 돌아와 정리했는데, 제자리였다. 원인이 뭘까? 찬찬히 다시 글을 읽다가 깨달았다. 객관적 사실 파악이나 역사적 사실에 관한 검증이 미약했다. 인터뷰 글이 아닌 사적인 수다를 정리한 느낌이었다. 5년 전 그때처럼 나의 주관적인 감정에만 의지해 글을 쓰고 있었다. 다행이라면, 그전에는 몰랐던 사실을 할머니 인터뷰 글을 쓸 때는 알고 있었다는 것이다. 나는 자료조사를 시작했다.

인터뷰 글은 단순히 녹취를 풀고 정리하는 것이 아니다. 인터뷰이의 말과 생각이 나를 통과해 나오는 것이다. 이를 제대로 해내기 위해서는 탄탄한 자료조사가 필요하다.

사전취재를 다녀오면 인터뷰 녹취를 풀고, 관찰한 내용이나 인상 깊었던 것, 새롭게 알게 된 것을 최대한 자세히 기록한다. 그 후 내용과 관련된 자료조사를 시작하자. 물론, 이 작업은 사전취재 전에 시작해 글을 최종적으로 마칠 때까지 꾸준히 해야 한다. 그러나 1차 취재를 마쳤을 때 가장 깊이 있는 자료조사를 할 수 있고, 해야만 한다.

할머니 이야기 중 확인하거나 뒷받침할 것이 없는지, 다양한 경로로 찾아보자. 어린 시절 이야기가 역사적 사실과 엮여 있다면 사실관계, 장소, 정황 등을 확인하는 것이 좋다. 마을 전설처럼 특정 장소에 대한 이야기를 들었다면 관련 자료를 검색해보자. 마을 역사나 정보를 담은 마을지는 지역 도서관이나 지역 문화 관련 사이트 등에 가면 대부분 찾을 수 있다. 집성촌일 경우 문중 이야기를 추가로 찾는 것이 좋다. 유사한 인터뷰 사례나 마을 관련 자료가 없는지 다큐멘터리, 책, 논문, 구술사 등 다양한 영역에서 조사해볼 수 있다. 작은 상관관계도 괜찮다. 많이 준비해 갈수록 실전 인터뷰에서 풍성한 이야기를 들을 수 있다.

할머니가 직접 언급하지 않았더라도, 할머니 연령대에 맞는 시대별 특징과 역사적 사건에 대해서도 조사해야 한다. 예를 들어 '한국전쟁, 새마을운동, 통금, 산업화, IMF' 등 동시대인의 삶을 관통하는 키워드는 할머니에게도 유효하다. 우리의 생각보다 개인의 삶은 역사에 많은 영향을 받는다.

신문을 찾아보는 것도 도움이 된다. 신문에는 과거 사건이나 풍속 등에 관한 자료가 풍부하고, 인용 가능한 기사도 많다. 나는 주로 네이버 〈뉴스 라이브러리〉와 국립중앙도서관 〈대한민국 신문 아카이브〉를 이용한다. 키워드 검색이 가능하므로 찾는 것은 어렵지 않다. 할머니 이야기 중 사건이나 사고가 등장한다면 지금 당장 옛날 신문을 찾아보자. 의외의 보물이 숨어 있을지도 모른다.

수여선(수원에서 여주까지 이어진 열차) 기관사 할아버지를 인터뷰할 때였다. 할아버지가 '트럭과 수여선이 충돌해 기차가 넘어졌다'라고 말했다. '트럭과 기차가 충돌했는데 어떻게 기차가 쓰러지지?' 순간 의심이 들었다. 확인이 필요했다. 사고가 있었다면 보도 기사가 있었을 것 같았다. 과거 신문을 뒤져 확인한 결과, 정확한 사건 경위를 알아낼 수 있었다.* 기사를 읽어보니 수여선은 정원 49명에 불과한 매우 작은 기차였다. 한 문장은 한 단락의 글이 되었다. 그렇게 인터뷰와 자료조사가 만나 사라진 수여선의 모습을 글로나마 복원할 수 있었다.

인터뷰 글은 인터뷰만으로 채워지지 않는다. 인터뷰를 선택하고 해석하고 배치하는 것은 저자다. 인터뷰를 뒷받침할 수 있는 정확한 근거가 있어야 글이 설

* '동차와 충돌 추럭은 전복', 〈경향신문〉, 1961.04.26
'동차와 「추럭」 충돌', 〈동아일보〉, 1962.09.13

득력 있다. 탄탄한 자료조사가 단단하고 설득력 있는 글을 만든다.

사려 깊은 질문의 힘

할머니 인터뷰는 전 생애를 들려주는 '구술 생애사'가 기본이다. 자신의 역사를 하나하나 되짚어 회상하고 누군가에게 들려주는 일은 즐거운 고통이다. 오래전 기억을 회상한다는 물리적 어려움도 있지만, 심리적으로도 여러 가지 장벽에 부딪히기 쉽다. 할머니가 더 편하게 이야기할 수 있도록 인터뷰어인 내가 도와드려야 한다. 앞에 앉은 이를 생각하고, 이야기를 듣고 싶은 나의 마음이 깊을수록, 상대도 마음을 연다. 이 마음을 어떻게 보여줄 수 있을까? 내 진심이 아무리 크고 깊어도, 이리저리 엉켜서 정리되어 있지 않으면 잘 보이지 않는다. 마주 앉은 할머니와 나를 연결해줄 사려 깊은 질문지를 준비해야 하는 이유다.

사려 깊은 질문지란 무엇일까. 나는 인터뷰 질문지를 만들 때 질문과 대답을 함께 써보곤 한다. 꼭 이렇게 답하길 원해서가 아니라, 답하는 이의 입장에서 생각해 보기 위해서다. 질문에 답을 달아보며 중복되거나 무례한 질문은 없는지, 이야기를 편하게 할 수 있는 질문인지를 입장 바꿔 생각해본다.

준비한 질문지로 실제 인터뷰를 진행하며 깨달은 것이 있다. '사려 깊다'라는 추상적 가치를 실현하기 위해 우리에게 필요한 건 잘 준비된 구체적 형식이라는 것이다. 질문은 정확하고 쉬워야 하며, 너무 길어서도 안 된다. 또 특정 방향으로 대답을 유도하거나 짧은 답변으로 끝나지 않도록 열려 있어야 한다.

지금부터 사려 깊은 질문지를 위한 기본적인 것들을 챙겨보자.

할머니의 개인 연보

'너무 오래돼서 기억이 잘 안 나는데…….'

할머니에게 가장 많이 듣는 말 중 하나다. 사실이 그렇다. 불과 몇 년 전 일도 잘 기억이 안 나는 게 인간이다. 몇십 년 전 일을 물어보는데 생각이 폭포처럼 쏟아질 리 없다. 이때 우리가 할머니를 도와줄 방법이 있다. 바로 개인 연보(타임라인)를 들고 가는 것이다.

연보 준비는 어렵지 않다. 태어난 해부터 현재까지, 빈 종이에 차례대로 써 가면 된다. 연보 없이 할머니 이야기만 듣고 기록해, 정리하다 보면 앞뒤가 안 맞는 부분이 생길 수 있다. 이 모순은 녹취를 풀다가, 혹은 글을 쓰다가 뒤늦게 발견되기도 한다. 이럴 경우, 처음부터 사실관계를 다시 따져야 한다. 글 자체에 오류가 생길 수 있기 때문이다. 따라서 처음 인터뷰를 할 때부터 개인 연보를 체크해가며 듣는 게 좋다. 비단 할머니 인터뷰만 그런 건 아니다. 우리 모두의 기억은 불완전하다. 사람은 보통 연도가 아니라 사건으로 기억을 불러온다.

그런 의미에서 첫 인터뷰는 시간순으로 하는 것이 좋다. 물론 생애사 인터뷰라고 무조건 시간 순서대로 질문할 필요는 없다. 그러나 큰 이유가 없다면 그렇게 하길 권한다. 전체 흐름을 잡기가 쉽고, 질문을 빠뜨리는 실수를 줄일 수 있다. 할머니 역시 기억해내기에도 대답하기에도 편하다.

인터뷰 중 가족의 출생이나, 졸업, 입사, 퇴직, 결혼 등 주요 사건이 나오면 연보에 따로 적어두자. 인터뷰의 흐름을 놓치지 않고 따라갈 수 있다. 1979년생 큰딸을 둔 할머니가 '큰딸이 국민(초등)학교 들어갈 때였지'라고 말하면, 1986년에 그 사건을 쓰면 된다. 이처럼 연보를 정리하면 과거의 이야기를 풀어놓는 할머니도, 듣는 나도 정리가 잘 된다. 사실관계 확인은 물론, 편안한 인터뷰를 위해서도 권한다.

기본 질문

우리의 일상은 소소한 것으로 채워진다. 내가 형제 중 몇 번째인지, 어떤 회사에서 무슨 일을 했는지, 학교에서 친한 짝은 어떤 아이였는지. 사소한 일상이 모여 '나'를 만든다. 그래서 생애사 인터뷰는 소소하지만, 기본적인 것들을 잊지 않고 챙겨 물어야 한다. 아래 목록은 '근대와 여성의 기억 아카이브 연구팀'의 「구술사 자료 어떻게 만들고 관리할 것인가?」라는 자료에서 발췌한 것이다. 그동안 많은 연구자가 여성 구술사를 진행하며, '여성주의 역사 쓰기'에 대해 연구해 왔다. 우리가 하고자 하는 할머니 인터뷰와 같은 맥락 위에 있다. 할머니 인터뷰 목록을 확인할 때 참고하여 비교해보고 혹시 빠진 게 없는지 점검해봐도 좋겠다.

생애사 관련 기본 질문과 키워드들

성장 과정: 출생지, 고향, 출신 학교, 학교 생활,
가정 형편 등

가족 관계: 가족 형태, 친족 관계(부모, 형제자매,

남편, 자녀 등)

노동 경험: 직장 생활 및 벌이를 목적으로 한 노동 경험 일체(취업 동기, 이직 및 퇴직 사유, 수입 등)

결혼 생활: 혼인 과정, 혼인 형태, 결혼식, 신혼 생활, 부부 관계 등

출산과 육아: 임신과 출산, 피임과 단산, 양육 형태 등

가사노동: 하루 일과, 가사 분담 등

– 이재경 · 윤택림 · 이나영 외,
『여성주의 역사 쓰기 구술사 연구 방법』

세부 질문

생애 전반을 시간순으로 듣는 첫 번째 인터뷰가 끝났으면, 그 내용을 바탕으로 보충, 심화 인터뷰를 준비하자. 이때는 주요 사건을 중심으로 깊이 있는 질문을 하게 된다. 첫 번째 인터뷰 녹취록을 찬찬히 읽고,

핵심을 찾아 키워드를 뽑자. 이를 중심으로 큰 뼈대를 세우고, 가지를 뻗어나가며 세분화하면 도움이 된다. 이때 활용할 수 있는 대표적인 방법이 마인드맵이다.

아래 예시는 한 조산사 할머니의 생애사를 들은 후, 다음 인터뷰 질문을 뽑기 위해 정리한 마인드맵이다. 할머니의 삶은 곡절과 시련이 많았다. 그중에서도 실향민과 수원을 주요 키워드로 넣었다. 당시 인터뷰 프로젝트의 목적이 지역과 한국전쟁에 방점이 있었기 때문이다. 또 '조산사'라는 직업도 사회적, 개인적 의미가 커서 키워드로 뽑았다.

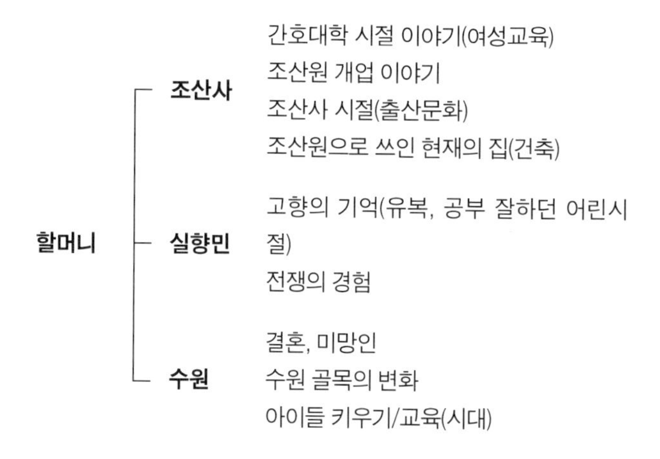

예시 표는 큰 키워드를 적고, 그 아래 1차 큰 줄기만 적어둔 것이다. 이 질문 아래로 세부 가지를 치듯 구체적 질문을 추가하면 된다. 이때 다양한 자료를 더 찾으면 도움이 된다.

구체적 질문을 워드로 작성하다 보면 문어체로 쓰기가 쉽다. 그러나 문어체보다 구어체가 좋다. 작성한 예상 질문을 소리 내어 읽으며 최대한 쉽게, 말하듯 고쳐보자. 질문 내용 역시, 쉽고 구체적인지 점검해보자. 예를 들어, "어떤 가치관을 가지고 아이를 키우셨나요?"보다는 "키우면서 아이를 때린 적이 있나요?"가 질문하기도, 대답하기도 쉽다.

충실한 자료조사를 과시하듯 많은 내용을 한꺼번에 질문하지 말고, 작게 나눠 하나씩 묻자. 질문이 길어지면 인터뷰이의 대답이 짧아진다.

또, 단답형만으로 답이 채워지지 않게 열린 질문을 하는 것이 좋다. 예를 들어 '스무 살 때 운전을 처음 배우신 거예요?'라고 물으면 "예, 아니요"로 대답하기가 쉽다. 그러나 '스무 살 때 어떻게 운전을 배우게 되신 거예요?'라고 물으면 운전을 배우게 된 구체적 정황을 들을 수 있다. 이처럼 모든 질문을 뽑을 때, 내가 아닌 인터뷰이 입장에서 생각하려 노력하자. 우리는 말하는 사람이 아니라 듣는 사람이다.

사려 깊은 태도

지금까지 질문지를 만드는 외부적인 것들, 기본적인 준비에 관해 이야기해보았다. 그러나 이것만으로 '사려 깊은' 질문이 되는 것은 아니다. 마치 인터뷰가 '말'을 통해서만 이루어지는 것이 아니듯 말이다.

〈시네마 천국〉이라는 영화 프로그램을 만들 때였다. 한 영화잡지에서 방송국으로 취재를 왔다. MC였던 영화감독들도 만나고, 촬영장도 둘러봤다. 그러나 누구와도 정식 인터뷰는 못 했다. 그러기엔 우리 녹화, 편집 일정이 너무 바빴다. 기자는 그저 우리의 동선을 따라다니며 함께 머물렀다. 빈틈이 생길 때 그가 물으면 간단한 대답을 해준 게 전부였다. 이 정도로 어떻게 기사를 쓸까, 얼핏 생각했던 기억이 난다.

잡지에 실린 기사를 읽고 나서 제일 처음 떠오른 생각은 '기자는 우리에게 직접 묻지 않고도 인터뷰를 했구나'였다. 방송국 책상 위에 있던 책들, 대기실에서 주고받은 사담, 녹화장 분위기, 스태프들의 태도, 차 안에서 무심히 나눴던 소소한 이야기가 기사 여기저기에 녹아 있었다. 그저 함께 머물렀다고 생각했는데, 그에게 이 모두가 인터뷰였다. 결과적으로 그 기사는 우리 프로그램의 지향점—상업성이 있든 없든 가치 있는 영화를 제대로, 재미있게, 잘 이야기해보자—을 정확하게 밝히고 있었다. 이 모든 것이 가능했던 이유는 기자 역시 제작진처럼 영화를 사랑했고, 〈시네마 천국〉이라는 프로그램을 아꼈기 때문일 것이다. 그의 남다른 관심과 애정이 담백한 글에 담겨 행간을 채웠다. 그 마음이 따뜻하고 고마웠다.

형식을 잘 갖춘 좋은 질문지를 미리 준비하는 것은 중요하다. 그러나 그보다 중요한 것은 질문하는 사람이다. 사려 깊은 질문지를 완성하는 것은 나의 태도다. 우리는 취조하기 위해서가 아니라, 이해하기 위해 묻는다.

질문이라는 형식 너머 할머니의 삶을 응시하자. 말하지 않은 것들을 듣기 위해 노력해보자. 할머니의 입장에서 생각하고 사려 깊게 바라보자.

평생 시장에서 비단 가게를 운영한 할머니를 인터뷰했다. 할머니는 자수성가했고, 자식들도 잘 자랐다. 어떤 질문에도 막힘이 없었다. 한참 이야기를 나누는 데 문득 할머니의 거친 손이 보였다. 곱고 아름다운 비단을 평생 매만진, 거칠고 단단한 장인의 손이었다. 부드러운 비단 위의 거친 손. 그 대비는 단순한 언어로 환원되지 않는 할머니의 시간이다. 어느새 내게는 할머니의 거친 손이 비단보다 곱게 보였다. 최종 인터뷰 글에서 나는 할머니의 손을 가장 먼저 묘사했다. 그 편이 우리가 나눈 수많은 질문과 답변보다 더 할머니에게 가까이 갈 수 있는 방법이라 느꼈다.

종종 그런 생각을 할 때가 있다. '우리는 타인에게 영원히 가닿을 수 없다. 그런 우리가 누구가의 생을 인터뷰하고, 누군가에 대해서 잘 안다는 듯 쓰는 것은 원천적으로 불가능한 일이 아닌가' 하고 말이다. 지금도 그 고민은 계속한다. 그러나 한계를 아는 것과 모르는 것은 다르다고 생각한다. 부족함을 아는 나는 할 수 있는 선에서 최선을 다해 타인에게 가닿으려 노력할 뿐이다. 연보를 준비하고, 마인드맵으로 질문지를 자세하게 나누는 등의 모든 활동이 노력의 연장선이다. 이 발버둥(?)은 할머니를 만나는 순간에도 끊임없이 계속된다. 할머니에게 최대한 가닿으려 애쓰는 마음이 '말하지 않아도 들리는 인터뷰'를 가능하게 한다.

PART 2
실전 인터뷰

—

우리가 아는 것은 한 줌 먼지만도 못하고
짐작하는 것만이 산더미 같다.
그토록 열심히 배우건만
우리는 단지 질문하다 사라질 뿐.

파블로 네루다, 「우리는 질문하다가 사라진다」

누군가와 마주 앉아 타인의 심장에서 나오는 이야기를
나의 심장으로 느끼는 일.
영원히 타인에게 가닿을 수 없는,
질문하다 사라질 뿐인 우리가 할 수 있는 최선의 공부다.

마음을 기울여 듣는다는 것

드디어 실전이다. 만반의 준비를 했다. 사전취재와 만남을 가졌고, 자료조사도 했다. 질문지를 작성했고, 연표도 만들었다. 이 모든 것을 가지고 할머니 앞에 앉았다. 지금, 가장 중요한 건 뭘까? 마치 이런 것들이 하나도 없는 듯 오로지 할머니에게만 집중해 잘 듣는 것이다.

질문을 잘 정리해 가는 것은 매우 중요하다. 그러나 할머니를 만나기 전까지만 중요하다. 할머니와 마주 앉아 인터뷰할 때, 정리된 질문지는 참고일 뿐이다. 할머니 눈을 마주 보고, 잘 들어야 한다. 어떤 뉘앙스로 무슨 이야기를 하는지, 무엇을 더 들려주고 싶어 하는지 마음을 기울여 들어보자.

시사 다큐멘터리를 제작할 때였다. 자살로 아이를 잃은 부모를 찾아갔다. 카메라 뒤에 앉아 준비한 질문을 던졌다. 폐허 위에서 하루하루를 간신히 버티는 부모에게 비수가 될 수도 있는 질문이었다. 후드득 떨어지는 부모의 눈물이 렌즈에 잡혔다. 카메라는 그 장면을 오래 응시했다. 그날의 인터뷰는 그렇게 끝이 났다. 그 뒤로 별다른 질문을 하지 않았다. 아이를 잃은 부모가 눈물 흘리는 한 장면으로 충분했기 때문이다.

이 이야기를 하는 이유는 듣고 싶은 말이 분명한 이런 인터뷰를 깎아내리기 위해서가 아니다. 분명한 주제에 대해 명확히 정리하거나 보여줄 짧은 인터뷰 역시, 매우 필요하다. 선과 악의 잣대로 판단할 수 있는 영역이 아니다. 그러나 그 '목적'이라는 것이 말하는 이를 (악의가 없더라도) 대상화하는 것은 분명하다. 내가 듣고 싶은 예상 답변이 있고, 이를 유도해 말하는 이가 그 말을 하면 끝난다. 그 후 듣는 이의 목적에 맞게 편집되어 나간다.

우리가 하는 할머니 인터뷰는 달라야 한다. 마음속에 내가 듣고 싶은 답변이 있더라도, 그것은 중요하지 않다. 우리의 목적은 '어떤 이야기'를 듣느냐가 아니라, 얼마나 '잘 듣느냐'가 되어야 한다. 물론 할머니 인터뷰 역시 나를 거쳐 나가는 것으로 나의 관점에 따라 편집된다. 그러나 그 출발과 끝에는 항상 '할머니'가 있어야 한다. 시작은 잘 듣는 것이다.

인터뷰의 답변이 내 예상과 달라도, 주제에서 벗어나도, 같은 말을 반복해도 이야기 흐름이 깨지지 않도록 집중해서 듣자. 나의 작은 고갯짓이나 눈짓, 지루해하는 듯한 무의식적 행동 등이 할머니 말의 흐름을 끊거나 내용에 영향을 줄 수 있다는 것을 잊지 말자.

사회과학이나 기타 연구 분야의 질적 연구에서도, 인터뷰어의 의도에 맞게 선별해서 듣지 않는 인터뷰를 매우 강조한다. 윤택림 한국구술사연구소 소장은 '인터뷰 시 연구자(인터뷰어)의 모든 행위가 구술자(인터뷰이)에게 어떤 신호를 준다'라고 이야기하며 경청의 중요성과 그 방법을 다음과 같이 설명하고 있다.

면담자가 진지하게 듣고 흥미를 보이는 것은 좋으나, 면담자의 연구주제에 너무 치우치지 말도록

해야 한다. 구술자가 하는 이야기가 모두 면담자에게 중요한 정보는 아니기 때문에 면담자의 연구주제나 연구주제에 가까운 주제에 대한 이야기가 나오면 면담자는 더욱 눈을 반짝이면서 고갯짓을 하며 듣게 된다. 그런데 이러한 면담자의 태도는 구술자로 하여금 면담자가 어떤 정보를 원하는가를 알게 해서 구술자가 정보를 통제하게 된다. 구술자가 정보를 통제하면, 면담자는 특정 정보만을 수집하게 되어 자신의 연구주제와 관련된 다른 이야기들을 폭넓게 듣지 못하게 된다. 어떤 정보도 구술자의 삶의 전체적 맥락 속에서 이해되어야 하기 때문에 연구자가 원하는 정보만을 수집한다는 것은 질적연구의 가치를 상쇄시키는 행위라고 볼 수 있다. 그래서 계속 눈을 마주치면서 어떤 부분이 면담자에게 중요한지 모르게 하는 것이 중요하다. 구술자의 서술 방향을 지시하지 않고 새로운 정보에 대한 가능성을 열어 두는 것이 면담자의 의무다.

– 윤택림, 『문화와 역사 연구를 위한 질적연구방법론』

인터뷰를 하다 보면, 내가 알고 있는 사실과 다른 이야기를 들을 때가 있다. 그럴 경우, "제가 알고 있는 내용은 '이것'인데요. 확인 부탁드려요"라며 정중하게 다시 질문하는 것이 좋다. 비난하는 어투로 따지듯 물어서는 안 된다(물론 글을 쓸 때는 사실관계를 반드시 확인하고, 정확한 근거를 가지고 써야 한다).

또한 정치적 성향이 극명히 다르거나, 전혀 다른 의견을 가진 어르신과 만나더라도 섣불리 논쟁하거나 비아냥거리지 말아야 한다. 우리는 할머니와 100분 토론을 하려고 마주 앉은 것이 아니다. 인터뷰를 떠나 예의다. 대신 그 발언이 나온 할머니 삶의 배경을 이해하려 애써보자. 물론 그 과정이 언제나 말처럼 쉬운 것은 아니다. 그러나 우리가 할 수 있는 최선이자 최고의 방법은 어떤 할머니든 그분의 이야기를 충분히 듣는 것뿐이다.

오래전, 돌아가신 유명 작가 가족을 인터뷰했다. 그동안 언론이 수없이 해온 '목적이 분명한 인터뷰'와 그에 따른 '자의적 편집 기사'에 상처를 입은 그 가족은 만나는 것조차 거절했다. 그러나 나는 그들을 꼭 인터뷰하고 싶었고, 각고의 노력 끝에 만날 수 있었다. 가족은 격양된 톤으로 그간의 억울함과 분노에 대해 장황하게 설명했다. 나는 그저 묵묵히 들었다. 나 역시 방송 인터뷰를 진행하면서 그런 적이 있었다. 의도치 않았으나 결과적으로 그랬다. 그런 마음이 들어서인지, 가족이 쏟아내는 뾰족한 말들이 하나도 아프지 않았다. 이렇게라도 그들에게 위로가 될 수 있다면 좋겠다는 생각이 들었다. 그 아픔의 시간을 어떻게 해드릴 순 없지만, 잘 들어드릴 순 있었다. 한참을 쏟아낸 가족은 싣지 않는 걸 전제로 찬찬히 이야기를 풀어놓으셨다. 인터뷰를 마치며, 가족은 지나가듯 말했다. 초고를 일단 보내보라고. 보고 괜찮으면 실어도 좋다고.

이 모든 과정에서 나는 극도로 말을 아꼈다. 전략이라기보다 실제로 전할 말이 없었기 때문이다. 그저 잘 듣고, 또 잘 들었다. 그러자 가족의 마음이 고스란히 느껴졌다. 나 역시 언론인의 한 사람으로서 미안했다. 결론적으로 인터뷰 글을 쓰긴 했지만, 못 써도 상관없다고 생각했다.

할머니와의 인터뷰는 마음을 다해 잘 듣지 않으면 불가능한 작업이다. 나의 마음이 할머니 마음과 감응하기 위해서는 입을 닫고, 귀와 마음을 열어야 한다. 우리가 할 수 있는 방법은 단 하나, 사심 없이, 잘 듣는 것밖에 없다.

그래서 인터뷰의 시작과 끝은 언제나 경청, 마음을 기울여 듣는 일이다.

잘 듣기 위해 필요한 몇 가지

하나. 나의 한계를 채워주는 물건

인터뷰는 생각보다 힘들다. 일단, 감정 소모가 크다. 할머니의 희로애락을 따라가다 보면 나도 그 감정에 함께 들어가게 된다. 우리 인생이 꽃길만 걸을 리 없다. 지금보다 모든 것이 어려웠던 할머니의 삶은 더욱더 그렇다. 삶의 굽이마다 할머니와 함께 오르락내리락하다 보면 숨이 가쁘다. 게다가 옛날이야기 듣듯, 넋 놓고 이야기만 들을 수도 없다. 마음은 함께하면서도, 머리로는 핵심이 되는 단어, 상황, 감정 등을 생각하며 들어야 한다. 그래야 흐름을 놓치지 않고, 할머니 이야기의 한 단락이 끝나면 다음 질문을 이어갈 수 있다.

그러나 인간의 능력은 한계가 있다. 그러니 할머니께 양해를 구한 후 녹취하자. 양해를 안 해주시면 양해를 해주실 때까지 양해를 구하자. 현실적으로 녹취 없이는 인터뷰를 진행하기 힘들다. 녹취는 기본 중의 기본이다. 그래서 녹음기(핸드폰 녹음기능), 펜, 메모지는 필수다. 녹취하고, 주요 내용을 메모하며 듣자.

할머니께 음성 녹취를 하겠다고 하면 처음에는 어색해할 수 있다. 그러나 이내 적응해 녹음하고 있다는 사실 자체를 잊는다. 초반에 어색해하시더라도 걱정하지 말자.

녹취가 제대로 되고 있는지는 인터뷰 중에 주기적으로 확인해야 한다. 핸드폰 녹음기능을 켜 놨는데 중간에 전화가 와서 꺼지거나, 핸드폰 배터리가 다 돼서 녹음을 못 하는 사고는 늘 발생할 수 있다. 인터뷰는 흐르는 강물과 같다. 녹음이 안 된 걸 나중에 알게 돼, 다시 같은 질문을 던질 순 있다. 그러나 같은 강에 두 번 발을 담글 수 없듯, 같은 답변은 다시 돌아오지 않는다. 늘 우리가 녹음하지 못한 그 인터뷰에 모든 것이 담긴다. 그래서 녹음은 이중으로 하는 것이 안전하다. 핸드폰과 함께 소형 녹음기를 준비해서 만약의 사태에 대비하자.

할머니가 허락하신다면 사진이나 영상 촬영도 하는 것이 좋다. 사진이나 영상 촬영을 해두면, 녹취를 풀면서 할머니 표정이나 반응 등을 천천히 확인할 수 있다. 녹취를 풀 때는 물론, 글을 쓸 때도 큰 도움이 된다.

둘. 언제라도 듣고 메모하는 자세

오늘의 인터뷰가 끝났다. 감사하다는 인사를 하고 핸드폰의 음성 녹음기능을 끈다. 이것저것 정리를 하며 서로 가벼운 이야기를 주고받는다. 이때 갑자기 할머니에게서 이야기가 술술 나온다. '진짜 이야기'다. 이런 경우는 의외로 많다. 고된(?) 인터뷰가 일단락된 것에 대한 안도감 때문일까. 예상치 못한 핵심 이야기가 나오는 것이다.

이때 하나의 녹음기는 꺼졌지만, 다른 하나가 켜져 있다면 가장 좋다. 그렇지 않다면 빠르게 키워드 메모를 하자. 그리고 기억이 사라지기 전에 최대한 복원하자. 물론, 이 내용은 녹음기가 꺼진 뒤 나온 이야기이므로, 공개 여부는 다시 확인해야 한다.

같은 맥락에서 덧붙이면, 비공개(오프 더 레코드)를 전제로 한 이야기는 절대 허락 없이 공개해서는 안 된다. 인터뷰를 떠나 윤리, 그리고 신뢰의 문제다. 비공개 내용에 대한 설명 없이 내용 전개가 힘들면 큰 형태만 설명하고, 사전에 이렇게 설명해도 될지 동의를 구하자. 할머니는 자세히 안 보시고, '괜찮다'고 하실 확률이 있다. 애매하게 느껴지면 할머니 가족이나 지인에게 크로스 체크를 받는 것이 좋다.

셋. 적당한 시간 조절

인터뷰 전문가로 불리는 김혜리 평론가는 '사람들은 저마다 발각되기를 기다리는 가벼운 비밀을 품고 있다'라고 했다. 할머니도 다르지 않다. 인터뷰가 힘들기도 하지만, 또 한편으로는 '가벼운 비밀'을 털어놓는 즐거움에 신난다. 그래서 때론 할머니의 들뜬 마음이 몸의 피로를 잊게 만들기도 한다. 여기서, 인터뷰어인 내가 챙길 것은 인터뷰 시간이 너무 길어지지 않도록 주의하는 것이다. 고령의 할머니들에게 긴 인터뷰는 무리일 수 있다. 의식적인 페이스 조절이 필요하다.

인터뷰 중간에 쉬는 시간도 반드시 확보하자. 전체 인터뷰 시간은 한 번 만날 때 최대 2~3시간을 넘지 않는 것이 좋다. 에너지와 집중력을 높일 수 있는 초콜릿이나 사탕 등은 상비약처럼 들고 다닐 것을 권한다. 인터뷰 중 지치면 할머니와 함께 초콜릿을 나눠먹자. 집중력뿐 아니라 분위기도 좋아진다.

고유어의 깊이

함경북도에서 나고 자란 할아버지는 한국 전쟁이 나자 동생과 둘이 피난을 내려왔다. 밤길을 나서는데 눈이 내렸다. 마을 앞 언덕길까지 어머니가 담요를 뒤집어쓰고 따라 나왔다. 어린 동생의 손을 잡은 청년은 갈 길이 바빠 마음이 급했다. 어머니와는 일주일이면 다시 만날 수 있다 생각했다. 인사도 하는 둥 마는 둥 했다. 한참 걷다 뒤돌아보니 작아진 어머니가 여전히 그 자리에 서서 형제를 보고 있었다.

그 겨울밤 이후 70년 가까운 세월이 흘렀다. 청년은 아흔 넘는 노인이 되었다. 그날 밤이 할아버지의 무너진 마음 위에서 수없이 되풀이됐다. 멀리 선 어머니에게 영원히 다가갈 수 없던 아들은 스스로를 '멸치 꽁다리 하나 못 해준 자식'으로 명명했다. 인터뷰 내내 '멸치 꽁다리'가 등장했다. 이 단어는 할아버지의 깊은 슬픔을 담은 고유어다. '제가 어머니께 해드린 게 하나도 없어요'라는 정제된 표현에는 없는 절절함이 있다.

인터뷰이만이 쓰는 고유한 단어나 문장을 만나게 될 때가 있다. 사투리라고, 어색하다고, 맞춤법에 맞지 않는다고, 잘 모르겠다고 그냥 넘기지 말자. 그 단어를 더 품고, 곱게 담아 글에 표현해보자. 학자의 논리적인 말보다 이런 고유한 단어 하나가 할머니의 마음을 더 잘 비춰준다.

김달님 작가가 쓴 『나의 두 사람』에도 고유어가 등장한다. 이 책은 자신에게 '달님'이란 이름을 지어주고, 삶의 온기를 전해준 할머니, 할아버지와의 일상을 잔잔하게 담아낸 에세이다. 작가는 세 사람이 함께 보낸 시공간을 작게 나누고, 세세하게 표현한다. 담백한데 따뜻하다. 할머니, 할아버지의 특성이 그들의 말이나 행동을 통해 자연스럽게 드러나고, 그 이면에 손녀인 작가의 마음이 풍경처럼 달린다. 글을 읽는 독자의 내면에 바람이 불면, 손녀가 달아 둔 풍경 소리가 잔잔하게 울려 퍼진다. 할아버지의 고유어인 '숨군다'라는 표현 역시 그렇다.

할아버지는 해마다 텃밭에 무언가를 심었다. 식구들 먹을 양보다 조금 넉넉하게, 매년 종류를 다양하게. 밭의 규모는 크지 않았지만 할아버지는 하루의 많은 시간을 밭에서 보냈다.

농사는 결국 하늘의 뜻이라지만, 농사만큼 시간과 정성이 필요한 일도 없다. 흙이 부드러워지도록 밭을 갈고, 때에 맞춰 파종하고, 적당히 물을 주고 잡초를 뽑는 할아버지의 부지런함 덕분에 매년 우리 집엔 수확의 즐거움이 찾아왔다.

(…)

할아버지는 무엇을 '심는다'하지 않고 '숨군다'고 말한다. "고추를 숨궜다"거나 배추를 "숨굴 거다"라거나.

'숨구다'는 말은 땅속에 숨긴다는 말에서 온 걸까. 어원은 정확히 알 수 없지만 '숨'이라는 말 덕분에 땅속에 숨을 불어넣는 말처럼 느껴진다. 그래서 숨군다는 말이 좋다.

할아버지는 텃밭뿐 아니라

내 삶에도 많은 것들을 숨궈 준 사람이다.

그것들이 시들지 않도록 정성을 다해 돌보는 일.

내게 남은 귀중한 몫이다.*

– 김달님, 「할아버지가 숨군 것들」, 『나의 두사람』

할아버지가 반복해서 쓰는 '숨군다'라는 말은 고유하다. '심는다'라는 말로 대체할 수 없다. 만약 표준어로 고쳐 에피소드를 썼다면 지금처럼 할아버지의 따뜻한 마음을 잘 표현할 수 없었을 것이다. 작가는 '숨군다'라는 할아버지 표현을 그대로 살렸다. 그 결과 파릇파릇 농작물에 숨을 불어넣듯, 손녀 삶에 숨을 불어넣은 할아버지 온기가 독자에게도 '숨구어'졌다.

한 사람이 보낸 시간은 그냥 흘러가지 않는다. 그

* 강조는 원문을 그대로 따랐다.

사람의 몸, 말, 기억에 남는다. 고유어는 기억의 흔적이다. 흔적이 늘 아름다울 수만은 없다. 당연히 고귀하거나 뭉클한 단어만 고유어인 것도 아니다. 습관처럼 쓰는 욕도, 명백히 틀린 표현도, 특정 단어에만 붙는 독특한 뉘앙스도 흔적을 비춰주는 고유어일 수 있다.

인터뷰 중 할머니의 고유어를 발견하게 된다면, 잘 쓰다듬어드리자. 그리고 그 고유어가 표현하는 흔적의 깊이를 이해해 글로 품어보자. 누구나 흔적을 가지고 있다. 그래서 할머니의 고유어가 가진 깊이를 정직하게 공유만 해도 독자는 이해할 수 있다. 할머니의 흔적과 글쓴이의 흔적, 그리고 독자의 흔적이 연결되는 느낌. 그 느낌에 이름을 붙인다면, 공감이라 부를 수 있을 것이다.

가장 큰 대답, 침묵

차에서 내리자 후덥지근한 공기가 훅 덮쳤다. 숨이 막혔다. 인터뷰 장소까지 5분 남짓에 불과했다. 그러나 약속 장소까지 걸으며 '덥다'라는 말을 사만 오천 번 외쳤다. 도착하니 할아버지는 이미 와 계셨다. 약속 시각 15분 전이었다. 할아버지는 불볕더위 따위에 자신의 단정함을 내줄 수 없다는 결의를 하고 나오신 게 분명했다. 최대한 시원한 복장을 하고도 지쳐 있는 나와는 차원이 다른 강직함이 온몸에서 뿜어져 나왔다. 목까지 채운 하얀 와이셔츠에 줄무늬 남색 넥타이, 단정한 긴 팔 여름 양복이 그 증거였다. 머리카락 역시, 한 치의 흐트러짐도 용납하지 않겠다는 듯 곱게 기름을 발라 붙였다. 할아버지가 건네주신 명함에는 다양한 직함들이 빼곡히 새겨져 여백이 거의 보이지 않았다. 은퇴 후 직접 만든 명함이라 했다. 할아버지는 모든 면에서 자신감이 넘쳤다. 타고난 강직한 성품에 오랜 공직생활이 더해진 결과였다. 어떤 질문을 던져도 명료한 답과 설명이 돌아왔다. 세탁소에서 방금 나온 셔츠 깃처럼 분명하고 선명했다.

그런 할아버지가 딱 한 번 얼버무리듯 대답을 하신 적이 있다. 할아버지는 일찍 부모님을 잃고 만형 밑에서 자랐다. 6남매 모두 가까이 살며 서로의 삶을 공유했다. 그러나 형제가 모두 일찍 세상을 떠나 지금은 할아버지 혼자 남았다. 나는 "형제들을 먼저 앞세우셨는데……"라며 질문의 끝을 맺지 못했다. 할아버지는 고개를 숙이고 잠시 머뭇거리다 "서글프죠"라고 짧게 답한 뒤, 침묵했다. 시종일관 분명했던 할아버지의 말끝이 잦아들었다. 단단하던 얼굴이 흐려졌다. 인터뷰하는 동안 할아버지에게서 볼 수 없던 표정이었다. 그리고 침묵이 이어졌다. 길지 않은 침묵이었지만 그날 할아버지의 어떤 대답보다 깊은 감정이 느껴졌다. 나는 할아버지의 그 침묵을 인터뷰 글에 그대로 묘사했다.

세상에는 말로 표현할 수 없는 감정이 존재한다. 그런 감정에 직면할 때, 우리의 말과 말 사이에는 공백이 생긴다. 침묵에는 여러 가지 이유가 있다. '기억이 안 나서, 대답하기 싫어서, 말문이 막혀서, 목이 메서…….' 어떤 이유든 괜찮다. 중요한 것은 듣는 이가 선불리 말하는 이의 침묵을 깨지 않는 것이다.

처음 인터뷰를 하던 시절, 질문 후 답이 돌아오지 않거나 단답만 하고 긴 침묵이 이어지면, 나의 머릿속에는 수십 가지 물음표가 떠다녔다. '질문을 잘못했나? 화난 건가? 실수했나?' 조바심에 참지 못해서 침묵을 깨고 얼버무리기도 했다. 그러나 침묵은 그 자체로 가장 큰 대답이다.

침묵의 의미를 파악하기 어려울 때도 있다. 또 너무 복잡한 감정이라 단순히 해석하기 어렵거나, 조심스러울 수 있다. 그럴 때는 침묵을 지레짐작으로 해석하거나 쉽게 규정짓지 말고, 침묵할 수밖에 없는 상황을 묘사하는 것이 좋다. 그 자체로 의미를 줄 수 있다.

'침묵'은 질문하는 인터뷰어인 나에게도 동일하게 적용된다. 인터뷰어의 대답을 듣다 질문조차 못 할 정도로 말문이 막힐 때가 있다. 역시나 많은 이유가 있다. 중요한 것은 내가 왜 침묵할 수밖에 없었는지 잘 들여다보는 것이다. 나의 감정만 잘 풀어도 훌륭한 글이 된다. 예시 글처럼 말이다.

(故 김관홍 잠수사의 부인 인터뷰 중)

끝으로, 제게 당부하고 싶은 말씀 있으세요?
너무 포장해서 나가지 않았으면 좋겠어요. 그냥 있는 그대로, 단순 무식하지만 정이 많았던 사람이라고…… 그리고 애 아빠 가까운 지인들 가운데도, 시체 수습하면서 돈 많이 벌었을 거라고 농담처럼 얘기 던지는 분들이 있고 그랬는데. 진짜 그런 거 아니라고 순수한 마음에 간 거라고 꼭 밝혀주세요.

네. 그대로 쓰겠습니다. 애들은 어리고 부인은 아직 젊으신데……

울컥하는 마음에 가슴속 말이 뛰쳐나왔지만, 그 뒷말을 어떻게 이어가야 할지 도무지 떠오르지 않았다. 삼십 대 아직 너무나 젊은 나이, 김혜연은 이제 어린 삼 남매를 데리고 맹골수도 해역보다 혼탁하고 거친 세상의 소용돌이를 헤쳐 나가야 할 것이다. 그 짐을 나눠지지도 못하면서 어쭙잖은 위로나 동정이란 얼마나 가소로운가. 한동안 이어갈 말을 찾지 못해 머뭇거리다 인사랍시고 겨우 찾아낸 말이 해놓고도 한심했다.

앞으론...... 좋은 일이 많았으면 좋겠어요.
좋은 일이 많아질까요? 세상이 이런데...... 우리 애들은 좀 살 만한 세상이면 좋겠어요.

– 이진순, 「거길 왜 갔느냐고요? 세 아이의 아빠라서요」, 『당신이 반짝이던 순간』

〈한겨레〉에 이진순 작가의 인터뷰 글이 실리던 그

시절, 나는 신문을 구독 중이었다. 원래도 토요판을 좋아했지만, 이진순 작가의 인터뷰를 읽고 싶어 토요판을 더 기다렸다. 가장 좋았던 부분은 인터뷰이의 대답 사이에서 들리는 글쓴이의 목소리였다.

예시 글에서 이진순 작가는 인터뷰이를 쉽게 판단하거나 미화하지 않는다. 대신 한심한 말을 할 수밖에 없는, 어찌할 수 없는 자신의 마음과 상황을 그대로 부려놓는다. 그 행간을 따라가면, 두 사람이 마주 앉아 나눌 수밖에 없었을 먹먹한 침묵이 고스란히 전해진다. 서로가 울음을 삼키며 마주 앉은 그 상황에서 언어는 얼마나 부질없고 빈약한가. 침묵은 차마 말로 표현할 방법이 없는 마음을 지닌 이가 내놓을 수 있는 최선이다. 막막한 시간 앞에 내가 앉아 있는 것 같다. 자연히 읽는 나도 이어갈 말을 찾지 못한다. 함께 침묵하게 된다. 갈 곳 없는 우리의 마음은 서로를 안는다. 진정 '우리 애들이 좀 살 만한 세상이 되길' 바란다.

인터뷰어 이진순은 스스로 침묵하게 된 상황과 감정을 자세히 묘사한다. 그의 침묵이 너무나 이해되는 독자는 글쓴이의 손을 잡고 이 상황에 몰입한다. 침묵을 있는 그대로 받아들이고, 잘 묘사한 덕이다. 침묵은 때론, 몇 시간 인터뷰보다 우리에게 더 큰 울림을 준다. 인터뷰에서 침묵은 정말 '금'이다

침묵의 순간을 제대로 통과하고 나면, 좋은 인터뷰란 잘 듣는 인터뷰란 걸 마음으로부터 느끼게 된다. 이때의 '듣는다'란 수동이 아니라 능동이다. 인터뷰어가 듣고 감응 받은 부분을 구체적으로 드러내야 한다. 이는 생각보다 어렵다. 세밀하게 보고, 다르게 이해해야 한다. 감정 소모 없이는 불가능한 고난도 노동이다. 그러나 동시에 말하는 이 자신도 몰랐던, 그의 반짝하는 순간을 발견할 수 있는 아주 값진 노동이기도 하다.

흔들리며 중심 잡기

우리는 소설을 읽거나, 드라마를 볼 때 주인공에게 동화된다. 그의 시각으로 보고, 그의 입장에서 사고한다. 현실이라면, 신문 사회면에 실릴 만한 행동을 해도 이해한다. 주인공 내면의 감정 변화나 그럴 수밖에 없던 상황을 알기 때문이다.

할머니 인터뷰 과정에서도 비슷한 현상이 일어날 수 있다. 할머니에 대해 알고, 이해하고, 자주 만나다 보면 할머니 입장에서 생각하게 된다. 그 마음은 참 소중하다. 그러나 언제나 그렇듯 지나치면 독이 된다. 할머니를 사랑하고, 존경하고, 이해하되 무조건 추앙해선 안 된다. 예를 들어 할머니가 특정 사안에 대해 극명하게 반대하거나, 찬성할 수 있다. 또 특정인에 대한 호불호가 극단적으로 나타날 때가 있다. 잘 들어주되, 그것을 글로 옮길 때는 사실관계를 먼저 확인해야 한다.

대학원 시절, 시골 마을로 학부생과 대학원생이 함께 참여 관찰을 갔다. 우리는 조를 나눠 마을 이곳 저곳을 돌아다니며 인터뷰도 하고, 기록도 했다. 그러다 작은 사찰에 들어갔다. 스님 한 분이 계셨다. 우리를 참 반갑게 맞아주셨고, 이런저런 이야기가 오고 갔다. 그런데 이야기가 깊어지자 스님의 목소리가 조금씩 격양되기 시작했다. 그분은 마을 사람들이 자신에게 비도덕적인 행동을 하고 있다며 분노했다. 해가 저물어갈 때까지도 스님 이야기는 끝날 줄 몰랐다. 쌓인 게 많아 보였다.

그날 밤 각자 조사한 것을 발표하는 자리였다. 나와 같은 조에 있었던 학생은 스님의 관점에서, 스님이 이야기한 것을 장황하게 발표했다. 어느새 스님의 마음이 그 학생에게 스며들어 있었다. 학생 역시 스님처럼 마을 사람들에게 화나 있었다. 그러나 연이어 마을 조사 결과를 발표하는 다른 학생들의 이야기는 달랐다. 마을에는 개발 관련 이슈가 있었다. 스님과 마을 주민의 입장이 달랐다. 스님은 자신이 불리한 부분은 우리에게 공개하지 않은 채 자신의 입장만 부풀려 우리에게 설명한 것이다. 스님이 특별히 이렇게 이야기해야지 하고 계산했거나 이기적인 사람이라서 그랬을까? 아닐 것이다. 사람은 대체로 그렇다. 자신의 입장에서 생각하고 자신에게 유리한 것 위주로 말한다. 그래서 우리는 언제나 너무 치우치지 않도록 '중심'을 잡아야 한다.

그날의 짧은 경험은 내게 큰 교훈을 주었다. 그 후, 누군가를 인터뷰하거나 마을 기록을 할 때마다 스님과 학생 생각을 했다. 한 사람의 이야기를 잘 듣는 것은 무조건 듣는다는 의미가 아니다. 잘 듣고 그의 감정과 상황을 이해하되, 입체적인 맥락을 함께 이해해야 한다.

그날 인터뷰에서 스님 이야기가 너무 치우쳐 있다는 걸 깨칠 수 있었던 것은, 다른 학생들이 동시에 마을의 다른 사람들을 인터뷰했기 때문이다. 그 결과 크로스 체크가 가능했다.

우리는 혼자서 인터뷰하지만, 이 원칙은 할머니 인터뷰에도 적용되어야 한다. 할머니 이야기를 잘 듣고 이해하되 일정 정도 거리 두기가 필요하다. 거리 두기는 객관적 정보에 대한 확인을 통해 가능하다. 주위 가족이나 이웃 등을 인터뷰하고, 문헌 자료를 보거나 역사적 사료를 조사하며 사실관계를 확인해야 한다.

이 과정을 통해 할머니가 말한 내용 중 맞지 않는 것이 있을 수도 있고, 생각이 왜곡되어 있음이 밝혀질 수도 있다. 그러나 우리는 판사가 아니다. 할머니의 입장과 생각을 정리하고, 객관적 정보도 함께 이야기할 수 있는 선에서 해주면 된다. 그리고 할머니가 왜 그렇게 생각했는지 최대한 이해해서 그만큼 설명하면 된다. 그런 경우, 할머니가 그렇게 생각할 수밖에 없었던 이유를 제대로 설명하는 것만으로도 훌륭한 글이 될 수 있다.

반대의 경우도 성립한다. 할머니가 중심을 잃고 나에게 당겨 오는 경우다. 할머니의 인터뷰를 특정 방향으로 이끌거나 유도신문하는 등의 '약탈적 인터뷰'가 그것이다.

할머니 인터뷰를 하다 보면, 나만 할머니에게 빠지는 것이 아니다. 할머니 역시 그렇다. 자신의 이야기를 가감 없이 들어주는 사람을 어찌 좋아하지 않을 수 있겠는가. 그래서 할머니는 최대한 많은 것을 주고 싶어 한다. 할머니의 마음을 인터뷰어도 느낀다. 그래서 나도 모르게 아주 작은 가능성을 이어 붙여 "할머니 이게 이런 뜻이죠?" 하고 몰아가고 싶은 마음이 들기도 한다. 나 스스로도 좀 억지인가 싶기도 하다. 그러나 사람들은 극적인 스토리를 좋아하고, 나는 이 글을 잘 써서 인정받고 싶은 마음이 들어 갈등하게 된다. 내가 거짓을 꾸며낸 것도 아니고 할머니가 그렇다고 대답했으니, 이렇게 써도 괜찮다고 정당화하고 싶은 마음이 커지는 것이다.

약탈적 인터뷰의 경계는 모호하다. 전혀 진실이 아닌 것은 아니기 때문이다. 그렇다면 어디까지가 약탈일까. 자신만의 윤리적 기준이 필요하다. 내가 생각하는 약탈의 기준은 나의 욕심이 앞서는 것이다. 특정 목적을 위해 답변 방향을 유도하거나 자기 합리화를 하고 있지 않은지 끊임없이 자신을 돌아보자. 정당한

선을 넘은 인터뷰를, 어쩌면 할머니나 세상 사람들은 모를 수도 있다. 그러나 나는 알고 있지 않은가. 스스로 부끄럽지 않은 인터뷰어가 되자.

전체 인터뷰 내용과 상관없는 호기심 어린 개인적인 질문도 자제하자. 또 약탈적 질문까지는 아니더라도 할머니가 부담을 느낄 질문이라면 충분히 고민한 후 해야 한다. 부담스럽지만 꼭 해야 할 질문이라 판단된다면, 초반보다는 여러 번의 인터뷰가 진행된 뒤에 하는 것이 좋다. 충분한 신뢰가 쌓이지 않은 상태에서 나오는 거북한 질문은 다음 인터뷰를 불가능하게 만들 수 있다. 흔들리면서도 중심을 잃지 않는 균형 감각이 중요하다.

디테일은 언제나 현장에 있다

"할아버지, 마트는 잘되셨어요?"

"그냥 뭐. 그랬지."

"그래도 동네 장사니까, 단골손님 많으셨겠어요."

"응. 많았지."

"아, 얼마나 많으셨어요?

"뭐. 그냥……."

마을 입구 앞 벤치는 조용했다. 7월이었고, 더웠다. 그래서일까. 질문도 답변도 빨랫줄의 젖은 옷처럼 축축 늘어졌다. 어떤 질문에도 단답만 돌아왔다. 한자리에서 30년 넘게 작은 상회를 운영하다 재개발로 마을을 떠난 할아버지였다. 할아버지 댁에서 인터뷰하고 싶었으나 부담스러워하셨다. 차선으로 선택한 장소가 옛 동네였다. 시원한 나무 그늘에 앉아, 생생한 인터뷰를 할 수 있지 않을까 기대했었다.

한 시간 넘게 인터뷰가 지속되었지만, 상황은 좀처럼 나아지지 않았다. 할아버지는 시종일관 무심한 표정으로 '그렇지 뭐' 같은 답변만 하셨다. 등줄기로 진땀이 흘러 티셔츠가 축축해졌다.

인터뷰를 계속하기 힘들었던 우리—사진작가와 나, 할아버지—는 재개발 지역으로 가보기로 했다. 사람이 모두 떠난 동네에는 적막이 흘렀다. 정수리가 뜨거울 정도로 햇볕이 내리쬐는 날이었지만, 으스스한 느낌마저 들었다. 그러나 할아버지는 달랐다. 훌쩍 앞서가는 할아버지의 두 팔이 힘차게 흔들렸다. 나무 그늘에서는 볼 수 없었던 활기가 할아버지에게 오고 있는 게 보였다. 얼마 뒤 할아버지는 갑자기 멈춰 우리를 돌아봤다.

"여기가 우리 가게야. 안에 볼 테야?" 문장 끝에 힘이 실렸다. 물음표로 묻고 있었지만, 그건 느낌표였다. 당당한 할아버지의 질문이 무색하게, 녹슨 문 앞에는 흘러간 세월만큼 쓰레기가 쌓여 있었다. 저걸 헤치고 들어가는 게 가능할까 싶어, 나는 애매하게 웃었다. 할아버지는 걱정하지 말라는 얼굴로 우리를 옆으로 안내했다. 작은 문이 하나 더 있었다. 사람 손을 탄 것이 몇 년 만인 걸까. 문은 삐걱 소리를 내며 열렸다. 반갑다는 인사 같기도 하고, 울음소리 같기도 했다. 거미줄을 커튼처럼 걷어 젖히는 할아버지 뒤를 따랐다.

안은 어두웠고, 어수선했다. 한때는 새것으로 반짝였을 빗, 주판, 거울이 뽀얀 먼지를 뒤집어쓰고 우리를 바라봤다. 사진작가는 물건들에 포커스를 맞춰 연신 셔터를 눌렀다. 할아버지는 가게 기둥을 손으로 쓸어내렸다. 손끝이 묵직했다. 천천히 가게를 돌아보는 할아버지의 눈이 촉촉하게 변해갔다. 그때부터였다. 단답형의 건조하던 할아버지의 문장에 살이 붙고 물기가 돌았다. 마을 우물과 마트에서 만났던 사람들, 저녁 풍경, 장화 없이는 못 살았다는 동네 날씨와 도로 이야기 등이 술술 나왔다. 마법 같은 현장의 힘이었다. 가게 안에 흩어져 있던 할아버지의 시간이 우리를 찾아왔다.

집으로 돌아와 녹취를 풀고, 자료조사를 했다. 마을지를 찾아보니 가게 앞에 쌍우물이 있었다. 할아버지의 작은 가게는 사람이 늘 왔다 갔다 하는 길목에 위치한 마을 중심지였다. 자료를 읽고, 할아버지의 이야기를 곱씹었다. 머릿속에 영화 속 회상 장면처럼 마을이 그려졌다. 집으로 돌아가는 길, 질퍽한 길을 걷다 마주치는 작은 상회, 가게 앞 평상 위에 소복하게 모여 앉은 마을 사람들. 그들은 이곳에 앉아, 막걸리 한잔을 나누며 하루의 피로를 잊었을 것이다.

이제 그곳에 존재했던 환대의 시간은 사라졌다. 물리적 공간도 재개발이라는 이름으로 사라질 것이다. 그러나 한때 그곳을 채웠던 할아버지, 그리고 함께했던 이들의 기억은 계속된다. 그 시간이 쉽게 잊히지 않길 바라는 마음에서 기록하고 싶었다. 부족한 글이지만, 그날의 인터뷰 결과물 중 일부를 인용한다.

풍년상회 앞에는 우물이 두 개 있었다. 원래는 하나(행자우물)였는데 80년대에 우물이 말랐다. 그래서 바로 옆에 우물을 하나 더 파게 되었고, 이 우물을 기존에 말라버린 우물과 연결했다. 그렇게 '쌍우물'이 탄생했다. 쌍우물은 마을 사람들 삶의 중심이었다. 사람들은 쌍우물 물을 퍼다 식수도 하고, 빨래도 하고, 가축도 키웠다. 그 쌍우물 앞에 풍년상회가 있었다. 자연히 사람들이 모여들었다.

그러나 그것이 다는 아니었을 것이다. 쓰러질 듯 작은 집. 질퍽한 도로. 그리고 그보다 더한 삶의 무게. 저녁 무렵 이곳을 지나가는 사람들의 몸과 마음은 얼마나 지쳤을까? 그 사람들의 삶의 무게를 안아줬을 풍년상회의 저녁을 상상해 본다. '오늘 하루도 잘 보냈다.'고 토닥여주는 곳, 지친 몸과 마음이 녹을 수 있는 곳. 작은 평상 앞은 분명 아늑하고, 흥겨웠을 것이다. 이 모든 것은 ○○○ 할아버지의 넉넉한 마음이 없었다면 불가능했을 풍경이다.

- 은정아, 「후회 없는 인생. 오늘을 살고, 오늘에서 배우는 풍년상회 할아버지」, 『수원골목잡지 사이다』 V.9, 2014년 8월

사람은 모두 각자의 동심원이 있다. 나를 중심으로 사람과 물건의 거리가 결정된다. 우리가 만나서 이야기를 듣는 이의 안쪽 동심원에 머무르는 것은 무엇일까? 그곳에 머무르는 사람이나 사물을 관찰하고, 느낄 수 있는 현장에서 인터뷰를 진행할 수 있다면 가장 좋다. 현장은 그 자체로 힘이 있고, 인터뷰는 단순히 '말'만 듣는 행위가 아니기 때문이다. 안전하고 익숙한 삶의 반경 안에 머무를 때 사람은 활짝 열린다.

집은 사람이 가장 안전하고 편하게 느끼는 공간이다. 오래 산 집은 그 자체가 한 인간의 역사다. 손에 익은 모든 게 편안하게 놓여 있고, 곳곳에 이야기가 숨어 있다. 오래전 기억을 떠올리게 만드는 구체적 사물이 사방에 있다. 그래서 할머니가 편안해하고 공간 자체에 이야기가 가득한 집은, 보통 인터뷰하기 가장 좋은 장소다.

집에서 인터뷰를 할 수 있게 된다면, 준비된 질문 외에 공간과 배경 등을 관찰해 질문해보자. 책장에 꽂힌 책만 보아도 정치적 성향, 관심사, 지적 수준, 취미 등 많은 것을 짐작할 수 있다. 잘 보이는 곳에 놓인 가족사진이나 상장도 꼭 챙겨서 보고, 질문하자. 할머니의 안쪽 동심원에 머무르는 소중한 사람들이고 주요 사건이다. 당연히 할머니 삶을 이해하기 위해서도 중요하지만, 인터뷰 포문을 여는 데도 매우 유용하다(자식 자랑만큼 할머니를 신나게 하는 것은 없다). 이처럼 현장을 잘 관찰해 질문하면 깊이 있는 이야기를 들을 수 있다.

글쓰기 수업 시간, 한 학인이 '어머니와 경대'라는 제목으로 글을 써 왔다. 경대 앞에 앉아 한숨짓고, 웃고, 단장하며 보낸 어머니의 한 세월이 그림처럼 펼쳐졌다. 경대 속에 비친 어머니의 단아한 삶이 영롱했다. 누구에게나 그런 것이 있다. 오래 곁에 두고 함께 나이를 먹어온 물건은 단순한 사물 이상이다. 할머니의 가까이에 머무르는 물건들. 유독 아끼거나 오래 간직하고 있는 물건이 보인다면, 할머니께 꼭 물어보자. 오래 함께한 사물은 주인의 마음을 담는다.

그러나 오해하지 말길 바란다. 그렇다고 해서 반드시 집에 가서 인터뷰해야 하는 것은 아니다. 타인이 자신의 집에 오는 것을 싫어하는 할머니에게 억지 부릴 수는 없다. 그랬다가는 할머니의 마음이 멀어져 오히려 역효과가 날 수 있으니, 억지로 집을 공개해 달라 강요해서는 절대 안 된다.

방점은 '집'이라는 물리적 공간이 아니라, 할머니 삶의 반경 안에 담긴 디테일을 얼마나 잘 잡아낼 수 있느냐다. 어디서든 할머니 이야기를 잘 듣고, 관찰하고, 구체적으로 묻고, 듣자. 할머니가 계신 곳이, 곧 현장이다. 디테일은 언제나 현장에 있다.

행동이 아니라고 말할 때

비언어적 메시지의 중요성을 강조할 때 자주 등장하는 것이 메라비언의 법칙(The Law of Mehrabian)이다. 심리학자이며, UCLA 교수인 앨버트 메라비언은 상대방에 대한 인상이나 호감을 결정하는 데 말의 내용이 미치는 영향은 7%에 불과하고, 표정과 태도 등의 비언어적 영향이 93%에 이른다는 이론을 발표했다. 흔히 이 이론을 비언어적 태도가 (언어적 메시지보다) 중요하다는 뜻으로 많이 인용하지만, 실상 이 이론이 말하고자 하는 것과는 결이 다르다. 메라비언의 법칙이 강조하는 것은 비언어적 메시지가 언어적 메시지보다 우위에 있다는 뜻이 아니다. 비언어적 요소가 감정과 태도를 전달하는 데 매우 중요하며, 언어와 비언어적 메시지가 일치하지 않을 경우 사람들은 신체언어를 더 신뢰한다는 것이다. 즉, 말과 행동이 다를 때, 사람들은 말이 아니라 행동을 보고 믿는다는 것이다.

영화 〈생일〉에서 세월호 사고로 아들 수호를 잃은 엄마(전도연)는 세상을 등지고 살아간다. 그의 일상은 무채색이다. 표정 하나 없이 청소하고, 요리하고, 마트에서 캐셔 일을 한다. 마치 물기를 가득 머금은 스펀지 같다. 얼핏 아무것도 없어 보이지만 꽉 차 있다. 무겁다. 살짝만 눌러도 고여 있던 슬픔이 툭, 툭, 방울져 내린다.

우연히 다른 유족들의 식사 자리에 합석하게 된 수호 엄마. 그는 아이들 사진을 두고 웃는 유족에게 '소풍들 왔어요?'라고 발끈하며 외친다. 자리를 박차고 나가는 뒷모습이 아프다. 아들을 잃은 엄마의 말은 날카롭고 비이성적이다. 그러나 아무렇게나 묶은 머리, 깡마른 어깨, 휘청거리는 그의 걸음은 우리에게 말한다. "아프다. 슬프다. 울고 싶다. 보고 싶다. 숨쉬기 어렵다. 누구든 날 좀 잡아 달라. 함께해 달라……."

할머니를 만날 때도 종종 이런 기분을 느낄 때가 있었다. 여든이 훌쩍 넘은 할머니가 걸레질하다 문득, '다 잊었어. 이제 기억도 안 나'라고 하며 자식의 죽음을 담담히 이야기한다. 그러나 전혀 괜찮지도, 잊지도 않았다는 걸 할머니의 촉촉한 눈이, 떨리는 주름이, 걸레를 꽉 움켜쥔 손이 이야기한다. 메라비언의 법칙에서 말하듯 언어와 비언어적 메시지가 일치하지 않을 때 신체언어를 보게 되는 것이다.

우리는 탐정도, 심리분석가도 아니다. 비언어적 메시지를 면밀히 분석해 모두 글로 풀 수는 없다. 그러나 할머니를 제대로 이해하고, 글 전반에 오해의 여지를 줄이기 위해 민감해질 필요가 있다. 비언어적 메시지는 인터뷰이가 말로 풀지 못하는 이야기나 자신도 알아차리지 못하는 감정을 전달하기 때문이다.

삶은 대단한 서사로 이루어져 있지 않다. 말로 풀 수 없는 것이 참 많다. 할머니 인터뷰도 그렇다. 처음부터 할머니가 보내는 비언어적 메시지를 알아차릴 수는 없을 것이다. 그러나 몇 번의 인터뷰를 거치다 보면, 앞서 언급했던 침묵을 포함해 습관, 특정 행동,

말 막힘, 표정, 자세, 눈물 등 할머니가 보내는 신호가 이해되는 순간이 온다.

이때, 과대 해석하거나 지나친 의미 부여는 경계해야 한다. 그저 할머니가 보내주는 신호를 잘 관찰하고 기록하자. 명확하지 않은 행동에 의문이 들었다면, 조심스럽게 질문하자. 당장 그럴 상황이 아니라면 메모해두고 다른 행동이나 말과 연계해 생각해보자. 사소하지만 중요한 비언어적 메시지가 모이면 입체적인 이야기가 된다. 굳이 내가 해석하지 않아도 좋다. 할머니의 행동이나 표정에서 드러나는 모습을 찬찬히 묘사만 해도, 읽는 이는 할머니의 마음을 느낄 수 있다.

인터뷰는 상호작용이다. 비언어적 메시지를 관찰할 때의 나의 행동도 포함된다. 때로는 인터뷰이의 이야기가 내가 감당할 수 없을 만큼 무거울 때가 있다. 그때 나는 어떻게 해야 할까. 어떤 말로도 감당이 되지 않는 상황에 내가 할 수 있는 것은 무엇일까. 인터뷰 당시 내가 보인 행동이나 말이 이상했다면, 그렇게 밖에 할 수 없었던 나의 마음을 묘사하는 것도 방법이다. 솔직한 글은 독자의 마음을 이끈다. 그렇게 우리는 함께할 수 있다.

PART 3
할머니의 '말'이 나의 '글'이 되기 위해

—

지난 10년을 통틀어 내가 가장 하고 싶었던 것은
정치적인 글쓰기를 예술로 만드는 일이었다.
…
여기서 '정치적'이란 말은 가장 광범위한 의미로
사용되었다. 이 동기는 세상을 특정 방향으로 밀고
가려는, 어떤 사회를 지향하며 분투해야 하는지에
대한 남들의 생각을 바꾸려는 욕구를 말한다.
다시 말하지만, 어떤 책이든 정치적 편향으로부터
진정으로 자유로울 수 없다. 예술은 정치와 무관해야
한다는 의견 자체가 정치적 태도인 것이다.*

조지 오웰, 『나는 왜 쓰는가』

할머니의 이야기는 나를 통과해 세상으로 나간다.
이 과정에서 스스로 끊임없이 물어야 한다.
나는 왜 쓰는가.

인터뷰 글쓰기의 시작, 녹취 풀기

인터뷰가 끝나면 심신이 노곤하다. 집으로 돌아와 얼른 누워 쉬고만 싶다. 그러나 이때 정신을 가다듬고 가로가 아닌 세로로 몸을 세워 앉아보자. 꼿꼿이 앉기 힘든가? 그러면 적당히 앉자. 적당히 앉기 힘든가? 그러면 힘내서 억지로 앉자. 어떤 식으로든 앉자. 그리고 녹음해 온 파일을 들으며 워드 작업을 하자. 지금이 녹취 풀기의 골든타임이다.

위로 아닌 위로를 하자면, 녹취 풀기는 인터뷰 당일에만 어려운 게 아니다. 원래 어렵다. 오죽하면 방

* 조지 오웰의 『나는 왜 쓰는가』(한겨레출판, 2010년)에는 앞 문장(p297)보다, 뒷 단락(p294)이 먼저 나온다. 인용을 하며 이해를 돕기 위해 순서를 변경했다.

송국에서 녹취 푸는 작업(프리뷰)을 전담하는 이를 '요원'이라고 부르겠는가(프리뷰 요원이라 부른다)! 녹취 풀기는 보통 녹음된 시간보다 2~3배는 더 걸린다. 이마저도 초보자인 경우 기약이 없다. 그러나 그렇기 때문에 하루라도 빨리 풀어야 한다. 녹취 풀기는 시간이 지날수록 더 어려워지고 더 오래 걸린다. 여러 사정상 당일 녹취 풀기가 어렵다면, 늦어도 다음 날에는 하는 것이 좋다. 인터뷰 당일이나 다음 날까지는 나의 몸과 머리가 현장을 기억한다. 그 덕에 발음이 조금 불명확해도 앞뒤 맥락을 기억해 유추가 가능하다. 그러나 며칠만 지나도 그게 잘 안 된다. 사투리를 쓰거나 다른 말과 겹치는 경우는 더 어렵다. 학창 시절, 복습을 강조하는 선생님께 한 번쯤은 들어봤을 망각곡선 가설(시간이 지남에 따라 기억이 급속히 줄어든다는 가설)은 녹취 풀기에도 적용된다.

녹취 '빨리' 풀기 못지않게 중요한 것이 녹취 '모두' 풀기다. 누군가는 전체 녹취 중 일부분만 인용할 텐데, 왜 다 풀어야 하는지 의문을 품을 수 있다. 그러나 선택의 문제가 아니다. 반드시 다 풀어야 한다. 우리의 글은 할머니의 직접적인 말만으로 채워지지 않는다. 할머니의 인터뷰 앞뒤로 설명이 필요하다. 녹취를 모두 풀어야 전체 내용을 파악할 수 있다. 녹취는 직접적인 인용뿐 아니라 글 전체에 녹아든다.

또 녹취를 들으며 상황 전반을 구조적으로 정리하고 체계화할 수 있다. 사람의 기억은 매우 불완전하고 편파적이다. 현장에서 인터뷰하는 나는 질문도 하고, 대답도 들어야 한다. 바로 다음 질문도 이어가야 한다. 바쁘다. 일인칭 시점으로 좁게 볼 수밖에 없다. 반면 녹취를 풀 때는 삼인칭 시점에서 전체 상황을 조망할 수 있다. 시야가 넓어져 전혀 생각지 못한 부분에서 인터뷰의 핵심을 발견하기도 하고, 내가 주의를 기울이지 않은 부분은 전혀 듣지 못했음을 깨닫기도 한다. 이 과정은 전체 그림을 이해하는 데 큰 도움을 준다.

빨리, 모두 풀겠다는 각오로 책상 앞에 앉아 녹취 풀기를 시작했다. 그러나 지금부터는 다른 어려움이 시작된다. 바로 자괴감과 부끄러움이다. 녹음된 나의 목소리나 녹화된 영상을 본 적 있는 사람은 알 것이다. 객관화된 나의 모습이 얼마나 낯설고 이상한지. 특히 내가 던지는 (바보 같은) 질문을 듣는 일은 매우 곤혹스럽다. '왜 저 상황에서 저런 질문밖에 하지 못했을까? 나의 반응은 왜 저렇게 이상할까?' 녹취 풀면서 이런 생각을 하지 않는 인터뷰어는 없으리라 (감히) 나는 확신한다.

미국 과학소설 작가인 테드 창의 단편 모음집 『숨』에는 「사실적 진실, 감정적 진실」이라는 단편 소설이 수록되어 있다. 이 소설은 우리 기억이 얼마나 쉽게 왜곡되고 사라지는지 알려준다. 소설에는 모든 기억을 저장하는 장치(리엠)가 나온다. 비유하자면 우리의 녹취록은 SF소설의 '모든 기억을 저장하는 장치' 같은 것이다. 이 장치를 통해 주인공은 사실적 진실(객관적으로 기록된 상황)과 감정적 진실(내가 기억하고 저장하고 있는 상황)의 괴리를 아프게 깨닫는다. 소설 속 주인공은 말한다. "정말로 중요한 것은 당신이 옳았다는 점을 증명하는 것이 아니라, 당신이 틀렸다는 사실을 인정하는 것이다."

그렇다. 녹취를 풀면, 우리는 '우리가 틀렸다는 사실, 이상한 질문을 했다는 사실'을 인정하지 않을 수 없다. 그러나 이 경험—자신의 언어 습관을 자기 객관화 과정을 통해 느끼고 깨닫는 것—은, 다음 인터뷰는 물론이고, 인생에도 도움이 된다. 그러니 너무 괴로워하지 말고, 겸허히 받아들이자.

녹취를 반복해서 풀다 보면 자기만의 노하우가 쌓이기 마련이지만, 몇 가지 요령을 알고 시작하면 조금 더 쉽게 할 수 있다.

파일은 언제, 누구라도 알아볼 수 있게 정리하자. 다시 말하지만, 우리의 기억은 불완전하다. 자동 저장된 음성 파일명부터 그날 바로 바꾸자. 나 같은 경우는 파일 목록만 보고도 무슨 내용이 어디에 있는지 알 수 있도록 '날짜_인터뷰이 이름_장소_순번' 순으로 파일 제목을 정한다. 파일 이름만 잘 정리해두어도 훗날의 수고로움과 시간을 절약할 수 있다.

녹취 문서의 이름은 음성파일과 동일하게 한다.

녹취록은 약 1분 간격으로 시간 표시(타임코드, time code)를 해두자. 나중에 문서를 보다가 음성 원본을 찾아 들어야 할 경우 유용하다. 시간대별로 주요 내용(키워드, 장소, 질문 등)을 문서 상단에 요약해두는 것도 좋다. 이 역시 급하게 내용을 찾아야 할 때 도움이 된다. 녹취 문서와 함께 인터뷰 정보(시간, 장소, 내용)와 그날의 상황, 내 감정 등의 리뷰를 작성해 같은 폴더에 묶어두면 좋다. 글을 쓸 때 도움을 받을 수 있다. 사투리가 심한 인터뷰이일 경우 그 지역 출신 사람에게 도움을 받자. 수십 번 들어도 외계어처럼 들리는 그 단어를 네이티브는 가뿐하게 이해하고 번역해줄 것이다.

녹취 푸는 일은 단순히 녹음된 인터뷰 내용을 받아 적는 것이 아니다. 상황을 처음부터 끝까지 다시 정리하는 행위이며, 나의 인터뷰 과정을 모니터하고 재정비하는 일이다. 꽤 많은 시간과 노력이 필요한 쉽지 않은 일이지만, 그 이상의 보상은 반드시 따라온다. 그러니 심리적, 육체적 어려움을 피하고자 내 무의식이 이것저것 핑계 대기 전에, 인터뷰가 끝난 직후 바로 녹취를 풀어버리자.

이야기 속으로 쉽고 깊게 들어가는 방법

나의 첫 해외 여행지는 인도였다. 홀로 여행을 준비하면서 가장 먼저 나침반을 샀다. 지독한 방향치인 나에게 나침반은 생존 필수품이었다. 원래는 열쇠고리 형태였는데, 고리를 빼고 가죽 줄을 달아 목걸이로 만들었다. 나는 나침반과 『론니플래닛 인도』에 의지해 인도의 골목 구석구석을 신나게 다녔다. 가이드북에는 작은 골목 하나까지도 잘 나와 있었고, 놀랍도록 정확했다(지금은 구글 지도가 있지만, 그땐 가이드북의 지도를 보며 찾아 다녀야 했다). 여러 번 갔던 곳도 헤매는 것이 일상인 나에게는 경이로운 경험이었다. 여행에서 돌아온 후에도 가끔 용기가 필요한 날이면 나침반을 걸고 나갔다. 지금도 나는 그 나침반을 간직하고 있다.

유럽 여행에서 늘 가지고 다녔던 건 자주색 숄이다. 원래는 내가 타고 간 항공사의 담요였다. 비행기 옆자리에 출장 가던 아저씨가 앉았다. 내가 두 달 일정으로 혼자 유럽에 가는 길이라고 하자, 이 담요를 챙기는 게 좋을 거라며 내 배낭에 넣어줬다. 잘못된 행동이었지만(항공사 관계자분, 죄송합니다) 아저씨께 여행 내내 감사했다. 아저씨의 예언대로 정말 유용했다. 유럽의 봄은 생각보다 추웠다. 담요는 가볍고 따뜻했고, 만능이었다. 주로 멋스럽게(?) 숄로 두르고 있다가, 잔디밭에 가면 깔고 누웠다. 야간 기차에서는 덮고 잤다. 크기도 딱 좋았고 짙은 자주색이라 흙이 묻어도 툭툭 털면 그만이었다. 더럽지만 사랑스러운 숄이었다(그러나 이 숄은 지금 없다. 엄마의 눈에는 사랑스러움은 보이지 않고, 더러움만 보였을 것이다).

인터뷰하며 우리는 시간 여행을 한다. 인터뷰이가 말하는 그때 그 시간과 공간 속으로 빠져든다. 이때 실물 자료가 함께하면 더 쉽고 깊게 들어갈 수 있다. 누군가 나의 여행에 대해서 인터뷰한다면, 나는 나침반이나 담요 같은 물건, 또는 그런 물건이 담긴 사진을 꺼내놓고 이야기하고 싶다. 나는 혼자 여행을 다녔고, 수많은 이들을 만났다가 헤어졌다. 그들과의 추억도, 이야기도 많다(내가 인간에 대한 신뢰가 높은 건, 여행지에서 받은 조건 없는 환대 덕이다). 그들이 스쳐 지나간 그 모든 순간에 이 물건들이 나와 함께했다. 그래서 물건들은 나의 여행을 집약적으로 보여준다. 나침반은 홀로 떠나는 첫 여행이 두려웠지만 용기를 냈던, 그래서 늘 불안하게 떨리면서도 한 방향을 향했던 그때의 나다. 내게 와 만능 숄이 된 담요는 첫 직장을 관두고, 자유롭고 싶었던 내 마음을 닮았다.

이처럼 실물 자료는 인터뷰이의 이야기 속으로 쉽고 깊게 들어갈 수 있는 열쇠가 된다. 가장 보편적인 건 사진이다. 사진을 보며 이야기하면 듣기도 말하기도 편하다. 글로 실을 때도 마찬가지다. 적절한 사진을 골라 함께 배치하면 이해하기가 훨씬 쉽다.

이때 유의할 점이 있다. 할머니에게 받아 온 사진은 수십 장이더라도 지면의 한계상 몇 장만 골라서 신게 된다. 적절한 사진을 잘 골라 싣고, 인물이나 상황에 대해 잘못된 정보를 전달하지 않도록 유의하자. 사진을 받으면 뒤에 포스트잇을 붙여 구체적 정보(일시, 장소, 이름, 나이, 관계 등)를 그 자리에서 적어 가자. 할머니가 설명해주실 때는 다 아는 것 같아도, 돌아서면 헷갈린다. 꼭 잘 받아 적자.

공개 가능 유무도 미리 확인하자. 내게 빌려줬다는 것이 곧 공개해도 된다는 의미는 아니다. 실제로 나는 책이 다 인쇄되어 나온 뒤, 잘못된 가족사진이 실렸다는 것을 알게 된 적이 있다. 공포영화를 볼 때처럼 등골이 오싹했다. 책은 이미 나의 손을 떠나 세상으로 퍼져나간 뒤였다. 할머니에게 이보다 더 죄송할 수 없었다. 그러니 부디, 나 같은 실수는 하지 않도록 하자. 사진을 받아 갈 때 공개 가능 여부를 미리 확인받자. 그리고 최종 발표 전에 한 번 더 체크하자. 원치 않는 자료가 공개될 경우 법적 책임을 져야 할 수도 있고, 인터뷰이를 아주 곤란한 상황에 부닥치게 할 수도 있다. 그러니 꼭, 돌다리도 두들겨보고 건너자.

현실적인 관리도 매우 중요하다. 만약 누군가 내

가 거의 20년간 간직하고 있는 나침반을 가져가서 분실하거나 훼손했다면, 나는 상실감을 넘어 분노를 느낄 것이다. 누군가에는 낡고 작은 물건일 뿐이겠지만, 나에게는 인생의 중요한 순간이 담긴 물건으로 대체 불가능하다. 사진도 마찬가지다. 할머니는 카메라도, 필름도 귀하던 시절을 사셨다. 지금과 같은 디지털 시대가 아니다. 할머니가 우리에게 기꺼이 빌려준 이 사진은 특별한 날에만 한 장씩 찍은, 세상에 하나뿐인 소중한 것이다. 조심스럽고 빠르게 스캔 작업을 하고, 온전히 돌려드리자.

인터뷰하다 보면 역사적 가치가 있는 사료를 만날 때도 있다. 수여선 기관사 할아버지는 수집과 정리를 매우 잘하는 분이셨다. 매일 착용했던 1등 기관사 배지, 40여 년 전 사라진 수여선 열차의 지도, 티켓 등 역사적 가치가 있는 물건들이 서랍 속에 가득했다. 이런 자료들은 카메라로 찍고, 그림으로 그리고, 글 속에도 묘사하며 다양하게 활용된다. 모든 작업이 끝난 뒤에는 인터뷰이의 뜻에 따라 박물관에 기증할 때도 있다. 어떤 경로든 인터뷰이의 의사를 존중해 안전하고 빠르게 제자리를 돌려보내자. 그것이 우리에게 기꺼이 실물 자료를 보여주고 빌려주신 인터뷰이에 대한 예의다.

그런데, 인터뷰이가 누구인가요?

인터뷰 글쓰기 수업을 하면 숙제를 내준다. 가까운 이를 직접 인터뷰하고 글을 써 오는 것이다. 수업 시간에 각자 써 온 글을 가지고 함께 읽고 이야기를 나눈다. 보통 다른 글쓰기 수업에서 이루어지는 합평은 서로 치열하게 물고 뜯지만, 우리의 수업은 다르다. 대부분의 학인은 글을 써 본 경험이 많지 않다. 누군가의 이야기를 듣고, 이를 다시 나의 글로 옮기는 것은 엄청난 노력과 용기가 필요한 작업이다. 글을 써 온 것만으로도 칭찬받아 마땅하다. 그래서 수업 시간에는 글을 열심히 읽고, 모두 함께 구체적이고, 논리적이고, 치열하게 칭찬하는 것을 원칙으로 한다. 대신에 내가 수업이 끝난 후에 여러 가지 수정 의견을 담아 개인별로 코멘트를 보낸다.

당연히 모든 수강생이 숙제를 해 오진 않는다. 숙제하는 비율이 평균 60% 정도 될까. 수업 분위기에 따라 그보다 적을 때도 그보다 많을 때도 있다. 여러 가지 이유로 학인들은 숙제를 하지 못하고, 숙제를 하지 않은 수강생의 반 이상이 결석한다. 그런데도 나는 숙제를 꼭 낸다. 숙제를 못 하는 이유는 백 가지다. 그러나 숙제를 하는 이유는 단 하나뿐이다. '쓰는 마음'이다. 단 한 쪽의 글이라도 직접 '쓰는 마음'을 내본 사람은 달라진다. 쓰며 배운다. 옛말 틀린 거 하나 없다. 백 번 강의를 듣는 것보다, 직접 한 번 해보고 느끼는 것이 훨씬 낫다.

숙제를 받아 보면, 평소에 전혀 쓰지 않던 분들의 글이 더 생생하게 살아 있는 경우가 많다. 괜한 의미 부여나 화려한 꾸밈말로 포장하는 대신, 생생한 입말을 살려 현장을 정확하게 묘사한다. 글이 살아 팔딱인다. 읽는 맛이 있고, 현장의 분위기가 고스란히 전해져 좋다. 그런데 이처럼 생생한 글을 쓰는 이들이 많이 하는 실수가 있다. 바로, 인터뷰이에 대한 기본 정보를 누락하는 것이다.

한 학인이 텃밭을 함께 가꾸는 이를 인터뷰이로 삼아 글을 써 왔다. 숙제라서 급하게 한다고 했지만 현장의 싱그러움이 물씬 묻어나는 글이었다. 파릇파릇 싱싱한 단어와 색의 표현이 나도 텃밭 한 귀퉁이에 앉아 있는 느낌이 들 정도로 생생해 좋았다. 그러나 현장의 한 단면만 있을 뿐 말하는 이가 누구인지, 그가 이야기하는 동생이 누구인지, 텃밭을 시작하게 된 '그 사연'에 관한 언급만 있을 뿐 설명이 없었다. 서로를 잘 알고 있는 그들에게는 별다른 설명이 필요 없지만, 이 글을 읽는 건 인터뷰이에 대해 하나도 모르는 낯선 독자다. 그래서 다 읽고 난 나의 첫 질문은 이것이었다. "그런데, 인터뷰이가 누구인가요?"

인터뷰 글은 나 혼자 보는 일기가 아니다. 독자를 상정하고 쓰는 공적인 글이다. 모든 공적인 글은 기본적인 정보가 담겨야 한다. 그런데 인터뷰이를 오래 만났거나 가족인 경우 흔히 '내가 알고 있는 사실을 모두가 알고 있다'라는 착각에 빠지기 쉽다. 그 결과, 기본적인 정보를 빠뜨리는 경우가 의외로 많다. 그런 글은 독자를 답답하게 만든다. 할머니에 대한 배경지식이 전혀 없기 때문이다. 할머니와 인터뷰 상황에 대한 기본 정보(누가, 언제, 어디서, 무엇을, 어떻게, 왜)는 빠뜨리지 말자.

이때 유의할 것이 있다. 육하원칙에 근거해 쓴다는 것은 신문 기사처럼 보도하듯 써야 한다는 뜻이 아니다. 그런 글은 '엄격하신 아버지와 자상한 어머니'로 시작하는 자기소개서만큼이나 식상하다. 안정효 작가는 『안정효의 자서전을 씁시다』에서 '육하원칙은 문학적 글쓰기에서 가급적이면 지키지 말아야 하는 공식'이라고 말한다. "육하원칙의 구색을 맞추려고 잡다한 정보를 맨 앞에 모아서 한군데 쌓아놓으면 웬만한 인내심으로는 넘어가기 힘든 차단막이 생"겨, "기가 질린 독자는 아예 도입부에서 읽기를 포기할 위험성이 커진다"는 것이다.

정리하면 육하원칙에 근거한 기본 정보를 글 전반에 녹여 완성도를 높이되, 보도 기사처럼 정보를 축약해 제시하는 글쓰기는 피하자. 할머니 인터뷰 속에서 '언제, 어디서' 등의 정보를 알 수 있다면 굳이 직접 언급할 필요는 없다.

기본적인 정보가 충실히 담겼는지는 어떻게 확인할까? 글을 쓸 때, 구체적인 한 사람의 독자를 머릿속에 앉혀두고 쓰면 도움이 된다. 퇴고할 때 할머니를 전혀 모르는 이 독자에게 글을 읽힌다고 생각하며 빠진 정보가 없는지, 설명이 불충하진 않은지 다시 살펴보자.

돌부리 직접 차본 사람만이 할 수 있는 말

"없을 때는 공부하고, 있을 때는 보시하라고 했어. 지금 공부해야 돼. 아버지 있을 적에 고통 안 받고 호강스럽게 살다가, 어떻게 그렇게만 사니? 없을 적에 공부해야지. (…) 돌부리 직접 차본 사람이랑 알기만 하는 사람은 달라."

– 은정아, 「생과 사, 그 좁은 틈 사이에서」,
『전쟁으로 고향을 떠나온 경기도민 이야기』

1932년 철원에서 태어난 할머니의 삶은 파란만장하다. 친정 식구들이 빨갱이로 몰렸고, 어머니가 폭격을 맞았다. 피난 중 열병에 걸려 죽을 고비를 넘겼다.

그 와중에 시조카가 죽자 '천금 같은 아들은 죽고 쓸데없는 여편네가 살았다'며 구박받았다. 아이를 낳지 못해 모진 시집살이를 살았다. 남편이 집에 데려온 새 여자 밥상도 차려봤다. 다행히 용한 한약을 먹고, 아들을 내리 낳았다. 허름한 건물을 사서 큰 집을 새로 지었다. 집안 사업을 일으킨 일등 공신으로 인정받았다. 동네에서도 유명한 부잣집 며느리로 살았다. 그러나 지금은 다시 어려운 시기를 지나고 있다.

할머니 삶은 짧게 정리해도 요동친다. 소녀에서 아내, 빨갱이 가족, 피난민, 구박받는 며느리, 집안을 살린 대들보가 되기까지 할머니의 삶은 수없이 무너졌다가 다시 서며 단단해졌다. '돌부리 직접 차본 사람이랑 알기만 하는 사람은 달라'는 오르락내리락하는 할머니의 삶 위에서 피어난 생생한 잠언이다.

처음에는 다들 비슷하게 사셨구나 싶었다. 가난했다. 전쟁을 겪었다. 가족 중 누군가를 일찍 잃었다. 남녀차별이 심했다. 아들을 낳지 못해서, 딸이라서, 며느리라서 구박받았다. 아들이라서 집안을 책임져야 했다.

그러나 나는 할머니, 할아버지마다 각기 다른 이유로 감응받았다. 크게 보면 비슷했지만 모두 다르게 겪었고, 다르게 표현했다. 자신만의 이야기가 자기 언어로 나왔다. 그 이야기에 흠뻑 빠졌다 나오면, 내 안에서 따뜻한 '무엇'이 차오르는 느낌이 들었다. 방송국에서 전문가들을 인터뷰할 때는 느낄 수 없던 것들이었다. 그 '무엇'은 흔들리는 버스 손잡이를 잡고 있다가 문득, 빨래를 개키다가 문득, 우산을 쓰고 걸어가다가 문득, 다시 내 안에서 차올랐다.

구체적 삶에서 퍼 올린 말은 살아 있다. 힘이 있다. 돌부리를 직접 차본 사람만이 할 수 있는 통찰이 있다. 우리도 별일이 있어서, 또 별일이 없어서 오르락내리락하며 산다. 한참 내리막길에서 미끄러지고 있을 때 '지금 없어도 고민하지 말고 공부하면 된다'라는 말을 들으면, 용기가 난다. 한참 잘나갈 때는 '지금 있으면 보시하는 마음으로 베풀'라는 현자의 말을 따라 자만심을 버리려 애쓴다. 삶이 깃든 통찰의 말은 그 자체로 고귀하다.

그렇다고 할머니 말이 명언처럼 정리되어 오는 것

은 아니다. 때론 장황하다고 느껴질 때도 있다. 그럴 때면 요지를 압축하거나 정리하고 싶은 마음이 든다. 그러나 삶은 그렇게 단순하게 정리되는 것이 아니다. 구구절절한 설명이 본질에 더 가까울 때도 있다.

『밀양을 살다』는 '밀양에서 사는 것'이 무엇인지, 그 의미를 정확하게 알려주는 인터뷰집이다. '밀양을 살지 않는' 우리는 '할머니들이 왜 포클레인 앞에서 맨몸으로 드러누웠는지'* 알지 못한다. 지식인의 논리나 과격한 주장 역시 할머니의 마음을 완벽히 대변하지 못한다. 할머니는 그저 느끼고 경험한 그대로, 순리대로 살아가고 싶을 뿐이다.

도시 가면 오히려 재밌는 게 없어. 여기 오면 무진장 나를 사랑하게 되고 나를 기쁘게 하고 좋게 해. 자연 사랑해봐. 어떤 사람이 나를 그렇게 좋아하겠나. 나를 저렇게 기쁘게 해주겠나. 내가 또 놀랜 거 하나 얘기해볼게. 가을에, 가을이라면 추울

* '101번 마지막 움막, 결국 철거 밀양 송전탑, 부상 · 연행자 속출', 〈오마이뉴스〉, 2014.06.10

때 있잖아. 10월 달, 왜 저 낙엽지면서 노랗고 빨갛고 너무 이쁜 게 지잖아. 너무 빨갛고 너무 보기 좋은데, 저 빨간 잎이 무엇이길래 나를 이렇게 흔들어 놓나. (…) 이렇게 10년을 엄청 재밌게 사는데 무슨 송전탑이 들어온다는 거야, 그런 지가 한 10년이 됐어. 송전탑이 들어오니 돈을 뭐 내야 한다고 뭐 어찌해야 한다고 하는 거야. 동네 사람들한테 들었어. 그래서 "오긴 뭘 와. 이 좋은 동네에 들어오면 벼락 맞는다. 누군가는 몰라도 벼락 맞는다" 했지. 왜? 거야, 생명도 연장시켜주고 몸도 회복시켜주고. 이 산에 내가 뭘 갚는다면 갚을 길이 없어. 어떻게 갚겠어. 마음으로 갚지. 산을 아껴야 한다는 것밖에 몰라.

– 이사라 인터뷰/명숙 기록, 「바다처럼 너불이가 있더라구」
(밀양구술프로젝트 지음, 『밀양을 살다』)

받은 게 많으니 갚겠다는 상식적인 생각은 할머니 말을 천천히, 제대로 들을 때만 알 수 있다.

노랗고 빨간 잎이 주는 기쁨을 아는 할머니는 아무 쓸데도 없는 나무 이파리가 자신을 품어주는 기분을 안다. 그래서 밀양에서 사는 것이 좋다. 할머니는 말한다. "이 산에 내가 뭘 갚는다면 갚을 길이 없어. 어떻게 갚겠어. 마음으로 갚지. 산을 아껴야 한다는 것밖에 몰라." 마음으로 갚는 것밖에, 산을 아껴야 한다는 것밖에 모른다는 '밀양 할매'의 이야기 속에는 잘 다듬어진 환경보호 표어에는 없는 '직접 돌부리를 차 본 사람'의 마음이 있다. 이런 통찰의 문장을 접하고 나면, 밀양 송전탑에 누운 할머니 사진을, 오열하는 그 얼굴을 다른 마음으로 대하게 된다.

할머니의 말을 글로 옮길 때 (본질을 흐리지 않는 선에서 정돈하고 다듬을 순 있어도) 요지를 압축해서는 안 된다. 탁월한 입말은 정돈된 문장이 설명할 수 없는 것을 설명한다. 돌부리를 차본 사람만이 할 수 있는 생생한 말은, 때론 유명한 철학가의 명문장보다 힘이 세다.

또 들려주셔서 고맙습니다

문학이나 영화 등에서 반복해서 등장하는 말이나 행동은 큰 의미를 지닌다. 독자는 그 말이나 행동에 내포된 의미가 무엇인지 유추해가며 읽는다.

허먼 멜빌의 『필경사 바틀비』에는 '그렇게 안 하고 싶습니다(I would prefer not to)'라는 말이 반복적으로 등장한다. 이 말은 처음에는 단순한 의사 표현 혹은 개인의 독특함 정도로 읽히지만, 반복되면서 적극적 의지 표현 나아가 혁명적 언어가 된다. 이 기념비적인 소설은 읽는 사람의 관점에 따라 다양한 해석이 가능하다(물론 꼭 해석하거나 의미를 찾지 않아도 좋다. 유머와 풍자가 살아 있어 그 자체로 읽는 맛이 있다). '그렇게 안 하고 싶습니다'라는 문장의 반복이 가져온 힘이다. 이 문장은 같지만 다르다. 상황에 따라, 각기 다른 의미로 변주된다.

삶의 어떤 한순간은 문학보다 더 극적이다. 그래서일까. 할머니를 여러 번 뵙고 인터뷰하다 보면 필연적으로 경험하게 되는 것이 있다. 바로 반복이다. 거의 모든 할머니가 했던 이야기를 하고, 또 하고, 또 한다. 듣는 이의 입장에서는 지겨울 수 있다. '아! 또 같은 이야기구나' 하고 판단되는 순간, 의지와 무관하게 눈은 풀리고 정신은 안드로메다행을 택한다.

그러나 이때 나의 의식을 깨워보자. 눈에 힘을 주고, 허벅지를 찔러가면서 달아나려는 정신을 꽉 붙잡자. 마치 처음 듣는 것처럼 눈을 반짝이며 듣자. 그러다 보면 놀라운 일이 생긴다. 얼핏 비슷해 보이는 이야기가 조금씩 달라진다. 감정, 색깔, 향기, 뉘앙스가 더해진다. 같지만 다른 이야기가 펼쳐진다.

할머니는 아주 오래전 기억을 떠올리는 중이다. 기억에는 시차가 있다. 어떤 기억은 일찍 도착하지만, 어떤 기억은 더디게 온다. 지난 인터뷰가 끝난 후 다시 찾아본 사진이나, 누군가와 나눈 이야기로 살이 덧붙을 때도 있다. 크게 보면 반복되는 것 같지만 디테일은 달라진다.

한 할머니를 다섯 번 만났다. 할머니는 80년을 사셨지만, 한국전쟁 후 2~3년 이야기만 되풀이하셨다. 인터뷰한 지 몇 년이 지난 지금까지도 나는 할머니의 피난 동선을 다 외우고 있다. 그러나 할머니의 이야기는 같은 듯 달랐다. 세 번째 인터뷰부터는 트럭에 실려 가다 짐짝처럼 기차에 부려졌을 때 기분, 김천역 앞에서 집단 소독을 당했던 날의 날씨, 수원역에서 헤어진 남편을 다시 만날 때의 감격 등이 더해졌다. 이야기는 반복될수록 더 생생해졌다.

내용적인 변화가 아니더라도, 반복한다는 행위 자체로 큰 의미가 있다. 전쟁이 나고, 가족과 헤어지고, 다시 만나기까지 할머니의 시간은 작고 세세하게 쪼개져 길게 늘어졌다. 기억의 절대량이 많다. 자연히 할 말도, 하고 싶은 말도 많다. 할머니의 반복은 너무나 자연스럽다. 그 자연스러움을 적극적으로 이해하고, 듣고, 공감하자.

특정 시기가 아니더라도 인터뷰이가 특정한 단어를 반복해서 사용하는 경우도 있다. 이때는 인터뷰이의 마음이 담긴 말이 아닐까, 조심스럽게 유추해볼 수 있다.

다음 글의 인터뷰이는 쌍용자동차에서 해고된 노동자다. 그는 '향수(鄕愁)'라는 말을 반복해 사용한다. 향수의 사전적 의미는 '고향을 그리워하는 마음이나 시름'이다. 해고와 자동차 그리고 향수는 얼핏 상관관계가 없어 보인다. 그 역시 자신이 향수라는 말을 반복적으로 사용한다는 것을 인터뷰 전에는 몰랐을 수 있다. 그러나 인터뷰어는 그의 말 속에서 되풀이되는 단어, '향수'를 발견했다. 그러자 많은 것들이 선명해졌다. 그 마음을 함께 느껴보기 위해, 인용해본다.

그는 해고 후 택시 운전을 했다. 그렇지만 그 일을 오래 할 수는 없었다. 눈앞으로 하루에도 수백대씩 쌍용 차가 지나갔기 때문이다. 택시 안의 룸미러로도 사이드미러로도 보였다. 그는 그 차들을 몇년도에 만들었는지 다 기억하고 있었다.

그가 특별히 애착을 가진 차는 이스타나와 무쏘였다. 그는 "이스타나가 나를 입사시켰어요."라고 말했다. 그는 '향수'라는 단어를 자주 썼다. 유치원생을 태우고 다니는 노란색 이스타나를 한 번 보는 것만으로도, 신나 냄새를 한 번 맡는 것만으로도 '향수'가 밀려왔다.

– 정혜윤, 『그의 슬픔과 기쁨』

향수는 대체 불가능한 대상에게 느끼는 그리움이다. 향수라는 말의 반복은 쌍용자동차를 바라보는 인터뷰이의 시선을 보여준다. 누군가는 왜 택시를 계속하지 않고 다시 돌아가 고생을 하느냐고 물을 수 있다. 그 물음에 인터뷰이는 향수라는 말로 대답한다. 그에게 그곳은 대체할 수 없는 삶 그 자체다. 그에게 복직이란 단순히 일자리로 돌아간다는 의미가 아니다. 자기 삶의 중심으로 돌아가는 것이다.

인터뷰어 정혜윤 피디는 인터뷰이가 반복해 사용하는 단어를 포착해 그가 왜 이 험한 길로 다시 돌아와 동료들과 함께 걷고 있는지 우리에게 말해준다. 글쓴이는 연민을 강요하거나, 정의나 도덕을 주장하지 않는다. 그저 인터뷰이의 마음을 느끼도록 해준다. 읽다 보면 직접 듣지 않아도 알 수 있다. 반복되는 단어에 주목해 의미를 풀어준 덕이다.

인터뷰는 내게 시간은 다른 속도로 흐른다는 것을 알려주었다. 특정 시간이 움푹 파이면, 그 깊이만큼 나만의 이야기가 고일 수밖에 없다. 자꾸 퍼내도, 늘 그득하다. 눈물도 웃음도 이야기도 쉽게 마르지 않는다. 할머니가 같은 이야기나 같은 단어를 반복해서 들려주신다면 생각하자. '또 들려주셔서 고맙습니다'라고 말이다.

우리가 도달할 수 없는 지점은 분명히 있다

"막내만 데리고 기차를 타고 부산 가는 길이었어. 애가 셋인데 하나만 데리고 나오니 얼마나 편해. 무거운 짐을 지고 있다 내려놓은 것 같더라고. 옆자리에 남자가 애를 데리고 앉았어. 어디 여행이라도 가나 보지. 근데 이 아빠가 아기한테 너무 잘하는 거야. 나는 남편 때문에 속상해 죽겠는데. 그때 생각했지. 아, 이런 남자랑 결혼했으면 어땠을까? 그러니까 왠지 가슴이 두근거리더라고."

인터뷰를 끝내고 함께 걸어가는 길에 문득 할머니가 내게 말했다. 이야기하는 할머니의 옆모습이 낯설었다. 그날 내가 들은 할머니 이야기는 어릴 때 새어머니에게 구박받은 이야기, 평화시장에서 일하던 시절 이야기, 중매로 두 번 보고 결혼한 남편 때문에 고생한 이야기였다. 그런데 할머니 이야기 속 젊은 여자는 다른 모습이었다. 애가 셋이지만 겨우 20대에 불과했던 할머니. 지나가는 남성에게도 문득 두근거릴 수 있었던 감성을 지녔고, 일상에서 벗어난 작은 순간에도 흔들릴 수 있는 한 여자. 그제야 내가 지금껏 할머니의 삶을 너무 전형적인 틀 안에서 보고 있었던 건 아닐까 하는 반성의 마음이 들었다.

영화 〈국제시장〉(윤제균 감독)에서 영자(김윤진)는 덕수(황정민)에게 묻는다. 내가 어떤 사람인지 궁금하지 않느냐고. 왜 자신에 관해 묻지 않느냐고. 그러자 덕수는 하나도 궁금하지 않다는 듯 대답한다.

"그런 거 물으면 뭐 합니까? 가난했겠죠. 장녀일 가능성이 크고, 그라고 동생들이 제비 새끼들마냥 밥 달라고 입을 쩍쩍 벌리고 있을 거고. 그래서 여기서 쌔가 빠지게 번 돈 싹 다 한국으로 부쳤을 끼고."

언급된 특징이 모두 사실이라고 해서, 영자를 알게 된 것일까. 나는 덕수의 말에 깃든 폭력성이 슬펐고, 영자가 더 궁금해졌다. 가난한 장녀의 프레임에 갇

히지 않은 영자만의 이야기가 듣고 싶었다.

할머니와 만나고, 그 이야기를 글로 쓸 때 나의 틀에 할머니를 끼워 맞추고 있는 건 아닌지 돌아보자. 몇 번의 짧은 인터뷰만으로 할머니 삶 전부를 이해한다는 것은 불가능하다. 할머니의 삶을 쉽게 재단해 정형화하지 말자. 이를 위해 겸손한 마음과 성실한 태도가 필요하다. 자료를 최대한 모아 사실관계를 확인하고, 다시 묻고, 찾고, 정황을 파악하자. 그 과정을 통해 할머니 삶을 통합적으로 이해하고 입체적으로 쓰려 노력하자. 할머니 말과 나의 글 사이에는 거리가 있을 수밖에 없음을 잊지 말자. 어떤 부분에서는 거의 닿아 있지만 어떤 영역은 절대 닿을 수 없다. 우리는 이 전제 위에서 글을 써야 한다.

자료 조사 결과 인터뷰 내용에 오류가 있거나, 정확한 정보를 찾을 수 없어 사실관계를 명백히 밝힐 수 없을 때도 있다. 이 경우 할머니 관점에서 어느 선까지 공개할 것인지를 정하는 것이 좋다. 착각은 누구나 할 수 있다. 오래된 기억은 더욱더 그렇다. 오류의 이유가 무엇인지를 밝힐 수 있다면 입체적인 글이 될 수 있다. 만약 정황상 합리적 추론을 통해 글을 쓸 수 있다면 서두에 밝히는 것도 방법이다.

아흔하고도 네 해를 더 사신 할머니의 기억은 불명확했다. 인터뷰는 쉽지 않았다. 특정 시간과 장소의 기억이 모순되었고, 어제의 인터뷰와 오늘의 것이 미묘하게 어긋났다. 그러나 할머니의 이야기는 분명 진실했다. 나는 할머니에게 최대한 가닿기 위해, 할머니가 내게 주신 말과 기억의 파편을 모아 재구성을 시작했다. 할머니와 할머니 가족, 지인의 이야기를 듣고 논문과 기사자료까지 함께 모았다. 할머니의 문장 사이사이에 객관적 자료들을 넣어 의미를 분명히 하려 노력했다. 그래도 여전히, 한계가 있었다. 그래서 나는 서문에 글의 한계를 밝혔다. 어찌할 수 없는 그 틈 때문에 할머니의 삶이 왜곡되어 읽히지 않길 바랐기 때문이다.

올해 아흔넷. 할머니는 21년생이다. 한 세기 가까이 살아오는 동안 참 많은 일들이 있었다. 크고 작은 전쟁의 소용돌이 속에 남편을 만났고, 4남매를 낳았다. 남편이 일찍 세상을 뜬 뒤 할머니는 오로지 아이들을 위해서만 살았다. 조산원을 운영했던 할머니는 밤낮으로 새 생명을 받았다. 그렇게 세월이 흘러 아이들도 어느덧 어미와 같이 늙기 시작했다. 그리고 그 중 둘이 어미보다 앞서갔다. 짧은 문장 속 할머니 삶이 묵직하다. 그러니 할머니의 어깨 위로 내려앉은 시간의 무게가 얼마나 무거울지, 고작 수십 년을 살아온 우리가 어찌 짐작이나 하겠는가.

소복소복 가벼운 눈이 쌓여 곧은 나뭇가지를 휘게 만들듯, 무심한 일상이 쌓여 할머니 생각의 가지를 휘게 만들었다. 구부러진 가지 끝에서 할머니 기억의 파편들이 흩날리고 있다. 그래서 할머니의 연보는 '재구성'에 가깝다. 여기저기 흩어진 기억의 조각들을 모으고, 주위 사람들에게 이야기를 듣고, 자료를 모았다. 최대한 완성하려 했으나, 어쩔 수 없이 찾지 못한 퍼즐 조각들이 많다. 그러나 그럼에도 불구하고, 할머니의 이야기를 기록하고, 연보를 작성하는 것이 큰 의미가 있다고 믿는다. 그 흩날리는 파편의 기억만 좇아보아도 할머니의 삶은 기록되고 기억되어, 그래서 높이 평가되어야 마땅하기 때문이다.

– 은정아, 「기록되고, 기억되어야 할 '찬란했던 그때 그 시절'–한평생 조산사로 살아온 아흔넷, ○○○ 할머니의 삶」, 『수원골목잡지 사이다』 V.6, 2013년 8월

타인과 나 사이에는 도달할 수 없는 지점이 분명히 있다. 그런데도 최대한 가닿으려고 노력하는 것. 그리고 그 노력의 과정을 성실하게 쓰는 것. 그것이 부족한 우리가 할 수 있는 최선이라 생각한다.

PART 4
글쓰기의 기본

—

우리는 영웅이 아니야. 가끔 그럴 뿐이야. 우리 모두는 약간은 비겁하고 계산적이고 이기적이지. 위대함과는 거리가 멀어. 내가 그리고 싶은 게 바로 이거야. 우리는 착하면서 동시에 악하고, 영웅적이면서 비겁하고, 인색하면서 관대하다는 것, 이 모든 것은 밀접하게 서로 붙어 있다는 것, 그리고 좋고 나쁘고를 떠나서 한 사람으로 하여금 어떤 행위를 하도록 한 것이 무엇이었는지를 아는 일은 불가능하다는 걸 말야. 모든 것이 복잡하게 얽혀 있는데도 그것을 간단하게 만들려는 게 나는 싫어.

루이제 린저, 『삶의 한가운데』

할머니의 세계와 나의 세계가 공명한다. 새로운 세계가 탄생한다. 이 세계를 왜곡 없이, 그 고유함을 잃지 않은 채 제대로 세상에 내보내기 위해 우리에게 필요한 건, 글쓰기의 기본이다.

〔개요〕

'말'을 중심에 둔 글의 얼개 잡기

방송국에서 처음 꼭지 원고를 쓴 기억이 아직 생생하다. 들어온 지 두 달 남짓한 서브작가로 자료조사만 열심히 하던 시절이었다. 그런 내게 메인작가가 갑자기 5분짜리 꼭지를 써보라고 던져줬다. 특집방송 중간에 들어갈 작은 꼭지였다. 섬마을 아이들의 교육 평등에 관한 이야기로, 누가 해도 크게 다르지 않은 간단하고 분명한 이야기였다(메인작가가 나에게 시험 삼아 줄 수 있었던 이유다).

그러나 나는 그 간단하고 분명한 이야기를 어디서 시작해, 어떻게 구성해야 할지 몰라 밤을 꼬박 새웠다. 녹화한 영상과 프리뷰(영상과 인터뷰 내용을 문서화한 것)를 보고 또 봤지만, 시간이 지날수록 더 막막해졌다.

급한 마음에 얼기설기 썼지만, 자괴감만 들었다.

창밖이 어스름하게 밝아올 무렵이 되어서야, '메인작가는 원고를 어떻게 쓰지?'란 생각이 들었다. 그동안 방송했던 메인작가의 원고를 꼼꼼히 다시 살펴보았다. 내레이션 사이로 크기와 글씨체가 다르게 표기된 부분이 눈에 확 들어왔다. 현장의 목소리, 인터뷰였다.

방송 원고는 설명글(내레이션)만으로 이루어지지 않는다. 현장의 소리나 생생한 사람의 목소리를 살리는 일이 중요하다. 나는 그제야 무엇을 가장 먼저 찾아야 할지 깨달았다. 프리뷰 원고에서 핵심을 가장 잘 표현하는 인터뷰를 찾았다. 그 앞뒤로 이를 보충하거나 리드하기 위한 설명을 덧붙였다. 그러자 군더더기 설명이나 오해 없이 내가 하고 싶은 말을 정확하게 할 수 있었다.

할머니 인터뷰 글쓰기도 다르지 않다. 우리 앞에는 할머니 말을 문서로 푼 녹취록과 이를 뒷받침해줄 자료가 있다. 우리는 이 씨줄과 날줄을 이어 정교하고 아름다운 작품을 만들고 싶다. 그 시작이 어렵고 막막할 수 있다. 우리에게 개요가 필요한 이유다. 구조를 잡고 시작해야 중간에 헤매지 않고, 완성도도 높아진다.

물론 인터뷰 글쓰기의 개요 짜기는 한 가지 방법만 있는 게 아니다. 글의 목적 혹은 대상 등에 따라 달라질 것이다. 여기서는 할머니 인터뷰 글을 처음 쓰는 경우 유용하게 적용해볼 수 있는 기본적인 개요 짜기 방법을 소개한다. 기본 틀을 세운 후, 자신만의 방법으로 변용하면 더욱 좋을 것이다.

1단계
'할머니의 말' 중 꼭 살리고 싶은 내용을 찾는다

할머니 녹취록을 인쇄한다(물론 인쇄 없이 화면을 보며 밑줄 긋기도 가능하다. 취향에 따라 판단하길). 펜을 든다. 천천히 정독하며 내 마음을 움직인 말에 밑줄을 긋는다. 할머니의 마음이 담긴 말, 나를 감응시킨 말, 우리가 함께 눈을 맞춘 순간을 떠올리며 밑줄을 긋는다.

밑줄 작업이 끝나면 이제 형광펜을 든다. 처음부터 한 번 더 읽는다. 살리고 싶은 내용에 형광펜을 긋는다. 밑줄과 형광펜이 모두 체크된 곳을 뼈대 문장으로 삼아 세운다.

2단계
맥락별로 구조화한다

할머니 이야기는 여기저기 흩어져 있다. 뼈대 말을 중심으로 관련 이야기를 모아보자. 이야기가 풍성해질 것이다. 단락 앞뒤로 녹취록에 있지만 직접 인용하지 않을 내용이나, 나의 느낌, 생각, 상황 등을 풀어서 쓴다. 이때 문장을 신경 쓰기보다 내용 정리에 중점을 둔다. 이 방법으로 정리하다 보면 몇 개의 블록이 생길 것이다.

3단계
블록을 이리저리 넣었다 뺐다 하며 흐름을 정리한다

생애사 인터뷰는 시간순으로 진행되는 경우가 많다. 그러나 최종 글 역시 시간순이 될 필요는 없다. 블록별로 묶은 것을 요리조리 옮겨가며 재배치해보자. 이 과정에서 빠져 있던 인터뷰가 들어오기도 하고, 들어와 있던 인터뷰가 삭제되기도 한다. 이렇게 앞뒤로 글을 재배치하면서 문장을 다듬는다. 이를 내 마음에 들 때까지 반복한다.

이 과정이 잘 안 되고 막히면 가까운 친구나 가족을 붙잡고 말로 설명해보자. 나는 아이들과 개요 짜기 연습을 할 때 이 작업을 많이 한다. 아이들은 글쓰기 숙제나 일기 쓰기에도 쉽게 좌절한다. 어디서부터 어떻게 시작해야 할지 막막하기 때문이다. 그럴 때 아이에게 스스로 말로 설명하게 해본다. 혼자 말하기 어려워하면 간단한 질문을 던져본다. 그러면 아이는 말로 내용을 설명하다가 실마리를 찾는다. 때에 따라 말을 녹음해 녹취록을 풀어주기도 한다. 글의 구성이 막히면 이 방법을 써보자. 말하기는 글쓰기보다 쉽다. 말로 설명하다 보면 막힌 부분이 뻥 뚫리는 경우가 있다. 순서도처럼 그려가며 해도 좋다. 물론 바로 해결되지 않을 수도 있다. 그러나 듣고 있는 이의 조언이나, 물음에 힌트를 얻어 발전시켜나갈 수 있다. 말로 설명할 수 있으면 글로도 가능하다.

4단계
서문을 쓴다

서문은 글의 서두에 등장하지만, 꼭 처음에 쓸 필요는 없다. 먼저 본문을 쓰자. 글을 쓰다 보면 이 단락은 여기보다 앞에 나오는 게 더 좋겠다는 판단이 들 때가 있다(나는 그런 경우가 많다). 그렇게 서문에 더 맞는 글이 써지면, 그때 앞으로 옮기면 된다.

그렇지 않으면? 마지막에 쓰면 된다. 전체 글을 쓰다 보면, 큰 그림이 보인다. 글을 쓰며 스스로 정리했기 때문에 더 술술 써지기도 한다. 물론 처음에 써도 좋다. 결론적으로 말하면, (현재 4단계라고 두긴 했지만) 서론은 써질 때 쓰면 된다.

문제는 '그 써질 때가 도대체 언제 오는가'이다. 마지막까지 안 올 수도 있다. 커서만 깜빡이는 하얀 모니터는 우주처럼 넓고 광활하다. 주옥같은 명문으로 채우고 싶은 마음이 굴뚝같다. 그러나 마음과는 달리 '썼다 지웠다'만 밤새 반복하기도 한다. 나 역시 그랬다. 도무지 어떤 말로 시작해야 할지 한없이 막막했다.

이때 해줄 수 있는 조언은, '일단 쓰자'밖에 없다. 키보드 위에 손을 올려놓고, 손가락을 기계적으로 움직이자. 내 글이 쓰레기 같다고? 맞다. 그럴 수 있다. 그래도 괜찮다. 내 글만 그런 게 아니다. (무려) 헤밍웨이가 말했다. 모든 초고는 쓰레기라고. 마음을 비우고, 그냥 쓰자. 일단 쓰레기(초고)라도 있어야 고칠 수 있다. 나아갈 수 있다.

하나 더 덧붙이자면 첫 문장에 너무 집착하지 말자. 첫 문장에 집착하면 시작조차 못 할 수 있다. 첫 문장 역시 '버릴 수 있다'는 마음으로 쓰자. 많은 글쓰기 책에서 첫 문장을 강조한다. 그러나 나는 이 역시 취향이라 생각한다. "행복한 가정은 모두 모습이 비슷하고, 불행한 가정은 모두 제각각의 불행을 안고 있다." 『안나 카레니나』의 첫 문장이다. 첫 문장의 중요성을 강조할 때 인용되는 대표적인 문장이다. 그러나 모두가 이렇게 비범한 첫 문장을 쓸 필요는(쓸 수도) 없다. 우리가 기억하는 첫 문장이 얼마나 되는가? 첫 문장의 평범함과 글의 완성도는 큰 상관관계가 없다. "3월 2일 할머니를 인터뷰했다"도 괜찮다. 전체 글이 훌륭하다면 평범한 첫 문장이 더 빛날 수 있다. 경험상 너무 공들여 쓴 첫 문장은 오히려 전체 글과 엇박자인 경우가 많다.

내가 생각하는 첫 문장의 원칙은 단 하나다. 첫 문장은 최종적으로 '처음'의 위치를 차지하는 것이지, 꼭 처음 써야만 하는 문장은 아니라는 것. 서문을 나중에 쓰길 권하는 이유도 그래서다. 힘을 빼고 그냥 쓰자. 그리고 고치자. 또 쓰자. 또 고치자. 이것이 내가 생각하는 최선의 방법이다.

〔단문 쓰기〕

힘을 빼고, 담백한 글의 맛

학인들의 글을 함께 읽고 이야기하는 시간. 낭독은 보통 글쓴이가 한다. 글을 소리 내 읽으면 글의 장단점이 잘 보인다. 이때 리듬감이 좋은 글은 모두에게 호응이 좋다. 문장이 수려하지 않아도 잘 읽히고 독자들을 쉽게 매료시킨다.

리듬감 있는 글쓰기. 그 시작은 단문이다. 그러나 오해는 말자. 단문만으로 글의 리듬이 생기는 건 아니다. 당연히 단문만이 전부도, 정답도 아니다. 단문은 수단이지 목적이 아니다. 비유하자면 단문은 벽돌 같은 것이다. 크고 아름다운 성도 작은 벽돌이 모여 만들어진다. 기본이 될 짧은 문장을 먼저 생산하자. 그 후 여러 번 고치며 아름다운 성을 완성해보자. 단문이

장문이 되기도 하고, 반대로도 된다. 이 과정을 반복하다 보면 자연스레 글에 나만의 리듬이 생긴다.

특히, 글쓰기에 익숙지 않거나 글을 처음 쓴다면 단문 쓰기를 더욱 권한다. 단문은 가볍지만 단단하다. 직관적이고, 분명하다. 읽기 좋다. 이해가 잘 된다. 그래서 '끊어치듯' 툭, 툭, 시작하기가 좋다.

할머니 인터뷰 글을 쓰다 보면 할머니에게 흠뻑 빠지게 된다. 절절한 사연에 가슴이 아프다. 특히 밤에 글을 쓰는 경우는 더 그렇다. 할머니의 긴 세월을 아름답게 그려내고 싶다. 원고에 은유와 환유, 각종 메타포가 등장한다. 문장이 한없이 길어진다.

다음 날 아침, 원고를 보면 손발이 오그라들며 머리가 하얘진다. 갖가지 수식어로 가득 찬 문장은 길고 무겁다. 장문 자체는 문제가 아니다. 문장이 길어지면서, 주어와 술어가 호응하지 않거나, 화려한 비유가 글의 논점을 흐리는 게 문제다. 뜻을 알 수 없는 복잡한 문장은 독자를 지치게 한다.

왜 이런 글을 쓴 것일까? 하나의 문장에 지나치게 많은 것을 담으려 했기 때문이다. 다음 예시를 보자.

박근혜 전 대통령이 특정 행사에서 한 발언 중 일부다. 말은 대체로 글보다 이해하기 쉽다. 그러나 인용된 발언은 그렇지 않다. 아마 박 전 대통령은 전하고 싶은 메시지가 많았을 것이다. 그러나 듣는 이는 그 뜻을 알 길이 없다.

> [2014.12.17 '경북창조경제혁신센터' 출범식 뒤, 오찬 발언 중]
> "살다 보면 이런저런 어려움도 있고 그렇지만, 사람은 그런 것을 극복해 나가는 열정이 어디에서 생기느냐면 이런 보람 '나라가, 지역이 발전해 가는 한 걸음을 내디뎠구나' 그런 데서 어떤 일이 있어도 참 기쁘게 힘을 갖고 나아가는 에너지를 얻게 되는 것이 아닌가 하는 생각을 했다."

– '박근혜 대통령 '언어탐구' … "무슨 말이야?"',
<한겨레>, 2015.05.18

박 전 대통령의 발언을 단문으로 고쳐보자. 짧게

치는 연습을 해보는 것이다. 주어와 술어를 호응시키며 문장을 나눠보자. 의미가 분명해진다. 이 과정을 통해 '그가 하고 싶었던 말은 이런 걸까?' 짐작해볼 수 있다.

"살다 보면 이런저런 어려움이 있다. 그러나 사람은 열정이 있으면 어려움을 극복할 수 있다. 열정은 나의 노력으로 '나라가, 지역이 한 걸음 더 발전해가는구나'라는 보람을 느낄 때 생긴다. 이 생각이 우리에게 기쁜 마음으로 힘차게 나아갈 수 있는 에너지를 준다."

쓰는 이도 이해 못 하는 글을 읽는 이에게 전달할 방법은 없다. 단문은 단순히 문장을 짧게 쓰는 것이 아니다. 독자는 행간을 따라 흐름을 타며 글을 읽는다. 단문 쓰기를 하며 내 생각이 물 흐르듯 잘 가고 있는지, 논리적 오류가 없는지 살펴보자. 단문 쓰기는 내 생각과 문체를 담백하게 다듬는 데 큰 도움이 된다. 짧고 분명하게 잘 쓸 수 있으면, 길게도 잘 쓸 수 있다.

이때 유의할 점이 있다. 여기서 설명하는 '단문 쓰기'는 글을 쓸 때의 일반적인 법칙이다. 우리가 인터뷰하는 할머니 말을 함부로 단문으로 쳐내거나 축약해서는 안 된다. 반복해서 말하지만, 할머니의 말은 고유하다. 그 자체가 의미다. 특히 인터뷰 말을 단문으로 쳐내면 개인의 고유성이나 특징이 사라질 우려가 있다.

생각이 정리되지 않을 때, 무언가 막혀 풀리지 않을 때, 어떻게 써야 할지 막막할 때 단문으로 시작해 보자. 피아노를 처음 배우는 학생처럼 그저 짧게, 짧게 끊어 쳐보자. 단문으로 쓰다 보면 어느 순간 리듬을 탄다. 그 순간 나의 손이 생각보다 앞서 나간다. 손이 생각을 이끈다. 그렇게 우리의 담백한 글이 시작된다.

〔묘사〕

슬프다는 말은 슬프지 않다

삶은 순간순간 나아간다. 어제 아침과 오늘 아침의 미묘한 차이가 쌓여 내일의 아침이 된다. 어제의 나와 오늘의 나는 같지 않다. 그곳의 나와 이곳의 나도 같지 않다. 시대, 상황, 장소별로 우리는 다른 사람이 되어 관계 맺고, 살아간다. 과거의 어떤 행동이나 말은 지금의 나와는 거리가 있기에 간단한 말로 정리되지 않는다. 그럴 때 쉽게 단순화해버리면 삶이 납작해져 버린다. 생생함이 사라진다.

할머니 이야깃주머니가 열렸다. 할머니의 삶은 우리보다 더 길고, 배경은 더 극적으로 변화했다. 당연히 상황마다 다른 할머니가 있다. 서로 다른 총합이 모여 한 사람이 된다. 이렇게 시대마다 다른 할머니를 하나로 모으려니 어색하다. 이해되지 않는다. 그러다 보니 우리 사회가 지금까지 이상적이라 생각했던 이미지—희생, 고귀함, 모성애 같은 추상적인 가치—에 할머니 이야기를 억지로 끼워 맞추기가 쉽다.

그러나 한 사람의 우주는 단색이 아니다. 우리가 만나는 할머니의 삶을 한 가지 색으로 단순화하지 않고, 그 '순간'의 다채로움을 그대로 드러내기 위한 구체적 글쓰기가 필요하다.

슬프다는 말은 슬프지 않다. 그러나 '울음을 참는 일그러진 얼굴, 손톱자국이 날 만큼 꽉 잡은 손, 목이메서 어쩔 수 없이 나오는 헛기침, 넘어질 듯 휘청거리는 걸음걸이, 차마 말을 이을 수 없어 계속되는 침묵'은 슬프다.

할머니의 말이나 행동을 크고 추상적인 말로 단정 짓지 말고, 세세하게 쪼개고 나눠 그림을 그리듯 구체적으로 써보자. 묘사의 틈 사이로 읽는 이의 경험과 기억과 감정이 스며든다. 우리의 인생은 이런 작은 감정 조각들이 모여 이어진 퀼트 이불 같은 것이다. 그 무늬는 다를지라도, 비슷한 상황에서 비슷한 감정을 느낀다. 자세하고 내밀하게 묘사할수록 보편성을 획득한다. 독자 스스로 감정이입을 한다.

다음 두 기사를 보자. 노량진 고시촌을 취재한 기사다. [예시 1]은 방송 뉴스 중 일부고, [예시 2]는 잡지 기사 중 일부다. 두 기사 모두 노량진 고시촌의 절박한 분위기를 알려주고 있다.

[예시 1]

일명 '지옥 반' 생활은 고3보다 치열합니다.
매일 아침 8시 모의시험에 종일 수업과 자습 벌점이 쌓이거나 진단서 없이 결석하면 퇴출됩니다.
독서실은 숨소리조차 들리지 않습니다.
휴식은 100분에 한 번, 생리현상도 시험 시간에 맞춰야 합니다.

– '[집중취재] 명절도 잊은 노량진 고시촌, 절박한 공시생들', <MBC 뉴스데스크>, 2017.01.25

[예시 2]

(…) 노량진의 독서실은 금기투성이의 영토다. 절대로 하지 말아야 할 일과 반드시 지켜야 할 일이 많다. 비닐봉지에 덧버선들을 담아 독서실 입구에 걸어두었다. 위에 안내문이 붙었다. "발뒤꿈치까지 감기는 이런 덧버선을 신고 다니세요." 열람실 문에는 포스트잇이 여럿 붙어 있다. "발뒤꿈치 올리고 걸으세요." 덧버선을 신어도 걸음마다 소리가 난다. "차가운 음료만 드세요." 뜨거운 음료수를 마시면 훌쩍거리는 소리가 난다. "캔 음료는 밖에서 따세요." 딸깍거리는 소리가 방해된다. "점퍼·가방 지퍼는 밖에서 열고 들어오세요." 지퍼 소리도 신경에 거슬린다. "담배 피우면 냄새 다 빠질 때까지 한참 있다 들어오세요." 냄새조차 거슬린다.

그러나 끝내 이해하기 어려운 경고문도 있다. "책장 넘기는 소리 너무 싫어요." 익명의 공시생은 극에 달한 신경질을 존댓말에 담았다. 책장조차 넘기지 못하면 공부는 어떻게 할까. 누군가 대안을 제시해뒀다. "책장 넘길 때 침 묻혀서 넘기세요." 밀

폐 공간에서 조용히 생활하면 작은 소리조차 스트레스를 준다. 옆자리에 사람이 앉는 순간부터 신경세포에 짜증이 솟구친다. 김철수 씨는 "그렇게 변해가는 내 자신을 발견하는 순간, 너무 슬펐다"고 말했다.

– '노량진 공시촌 블루스', <한겨레21> 제837호

[예시 2]는 [예시 1]이 설명하고 있는 한순간('독서실은 숨소리조차 들리지 않습니다')을 포착해 그림 그리듯 구체적으로 썼다. [예시 1]에는 '지옥 반, 고3보다 치열, 휴식은 한 번'이라는 직접적인 설명이 나온다. 그러나 '지옥'이란 말이 등장하는 순간, 역설적으로 그곳은 '지옥'과 멀어진다. 반면 [예시 2]는 '지옥'이란 말 없이도 독자를 지옥으로 데려간다.

[예시 1]을 읽을 때 나는 평온했다. 별다른 감정 동요도 없었고, 특별한 생각도 나지 않았다. 그러나 [예시 2]를 읽자, 가슴이 답답해졌다. 고시 준비를 해본 적도, 저런 공시촌에 가본 적도 없지만 마치 저 자

리에 소환된 듯 숨이 막혔다. 이내 다양한 생각이 떠올랐다. 도서관에서 누군가 내게 '책장 좀 조용히 넘기세요'라는 쪽지를 준 적이 있는데, 그 학생도 저런 심정이었을까? 저 숨 막히는 곳에서 살아남은 사람들이 합격만 하면 괜찮아지는 걸까? 수많은 이들이 저런 식으로 날 선 청춘의 시간을 보내도, 정말 괜찮은 걸까?

묘사의 힘이란 이런 것이다. 독자를 현장으로 데려간다. 감정이입을 한 독자는 '다음 단계'를 생각하고 고민한다. 입체적으로 읽게 된다.

구체적으로 쓰면 상투적 표현을 줄일 수 있다. 대상이나 순간, 상황을 제대로 관찰하고, 고유함을 포착해야 자세히 쓸 수 있다. 자연히 글에 나만의 생각과 표현이 담겨, 창조적 글쓰기가 가능해진다.

우리는 할머니를 인터뷰하고 관찰해서 글을 쓰려 한다. 할머니의 삶을 간단히 정의하거나 미화하지 않기 위해서도 묘사는 필요하다. 구체적 쓰기만 잘해도 할머니 삶과 내 생각을 제대로 드러낼 수 있다.

인터뷰 글쓰기는 다른 이의 삶과 내 삶을 모두 가꾸는 글쓰기다. 다양한 이를 만나고, 감응해 글을 써온 작가 은유는 '인터뷰는 마주하기'라고 했다. 온몸이 귀가 되어 상대방 이야기를 듣고 그 이야기를 나의 언어로 번역하고 정리하는 일이 인터뷰라는 것이다. 우리는 할머니의 이야기를 마주해 온몸으로 들어야 한다. 그리고 나의 언어로 번역하고 정리해 새롭게 표현해야 한다. 이를 위해 구체적 쓰기는 반드시 필요하다.

〔다듬기〕

여백이 있는 글쓰기

누구나 무의식적인 습관이 있다. 말을 할 때나 걸을 때처럼 글을 쓸 때도 그렇다. 이때 습관적으로 붙는 군더더기 표현은 글을 답답하게 만든다. 문장과 문장 사이, 쉼표를 없애버린다. 신나게 달리듯 읽다가도 덜컹, 걸려 넘어진다. 오류가 없는데도 글이 절뚝거린다(그러나 초고를 쓸 때는 신경 쓰지 말자. 안 그래도 쓰기 어려운데, 이것저것 따지면 못 쓴다. 그냥 신나게 쓰자. 나중에 잘 고치면 된다. 괜찮다).

깔끔하고 담백한 글. 여백이 있는 글쓰기의 시작은 자신을 아는 것이다. 먼저, 자신의 나쁜 습관이 무엇인지 인지하자. 그리고 의식적으로 없애려고 노력하자. 문제는 자신의 습관이 무엇인지조차 모를 가능성이 크다는 것이다. 나 역시 그랬다.

EBS 〈지식채널e〉라는 프로그램을 약 4년 정도 만들었다. 2년째 제작을 하던 어느 날, 담당 피디와 이야기하다 내가 접속사를 남발한다는 것을 깨달았다. 작은따옴표도 필요 이상으로 쓰고 있었다. 놀라웠다. 가장 놀라운 점은 피디가 말하기 전까지 그런 사실을 내가 전혀 몰랐다는 것이다. 〈지식채널e〉는 5분이라는 짧은 시간 안에 내레이션 없이 자막만으로 깊이 있는 주제를 다뤄야 한다. 나는 보는 이가 내용을 놓칠까 봐 '그래서, 그러나, 그러므로' 등을 남발했던 것이다. 과도하게 쓰인 접속사는 화면과 화면 사이 여백을 없앴고, 보는 이를 피로하게 만들었다. 역효과였다. 그 뒤 나는 원고를 수정할 때 의식적으로 접속사를 없애려 노력했다. 많은 경우 접속사가 없어도 글은 어색하지 않았다. 오히려 문장과 문장 사이 바람이 불어, 산뜻해졌다.

나의 문제는 접속사만은 아니었다. '것, 의, 들' 등 꼭 필요하지 않은 말들이 넘쳐났고, 중복 표현도 많았다. 고백하자면, 여전히 문제가 많다(그래서 내가 이 챕터를 쓸 자격이 있는 사람일까, 반성하며 쓰고 있다). 하지만 그렇기 때문에 여백이 있는 글쓰기를 더 강조하고 싶다. 노력하며 열심히 고치고 있는 사람으로서, 이것만은 자신 있게 말할 수 있다. 의식하고 노력하고 고치면, 나아질 수 있다.

2007년, 나는 10명의 저자와 함께 『부서진 미래』라는 인터뷰집을 냈다. 책은 '세계화 시대 비정규직 사람들 이야기'라는 부제를 달고 있다(앞에서도 언급한 것처럼, 나는 영화인 비정규직을 인터뷰했고 나는 인터뷰이이자 인터뷰어로 책 작업을 함께했다).

사실 이 글을 여기서, 아니 세상 어느 곳에서든 나 스스로 인용하겠다고 생각해본 적 없다. 지금도 얼굴을 붉히며 쓰고 있다. 그 시절 나는 마음을 다해 썼다. 그러나 진정성과 완성도가 꼭 비례하는 것은 아니다. 여러모로 부족한 글이라 부끄럽다. 그래도 용기를 내서 그때 쓴 서문 중 일부를 발췌한다. 무엇이 문제인지, 어떻게 하면 더 여백이 있는 글이 될지 고쳐보겠다.

영화와 방송은 매우 화려하다. **(그래서)** 많은 **사람들**은 자신의 꿈을 펼칠 수 있는 장소로 이곳을 갈망한다. 영화 스태프로 10년 넘게 일해 온 최진욱 씨 역시 그랬다. 그는 조명 스태프로 많은 **영화들**을 만들어냈다. **(그것들은)** 대부분 **꽤 흥행을 해서** 제목만 대면 알 만한 **것들**이다. **(하지만)** 영화가 화려한 조명을 받는 동안, 이상하게 그의 삶에는 점점 더 그림자가 드리워져 갔다. 진욱 씨는 말한다. 영화판의 화려한 빛만 좇다 보니, 어느 순간 자신이 소모품처럼 변해버린 것 같다고.

(…)

고백을 하자면, 처음부터 나 자신의 이야기를 인터뷰 글 안에 털어놓겠다는 생각은 없었다. 하지만 영화 스태프 진욱 씨를 인터뷰하다 보니, 그와 나 사이에는 많은 공통분모가 있었다. 바로 영화와 방송이라는 영상 비정규직의 열악한 삶이 **그것**이다. **(그래서)** 나는 내 이야기를 함께 풀어야 진욱 씨의 현실을 더욱 잘 보여줄 수 **있을 것**이라고 판단했다. **(그래서)** 다른 인터뷰보다 훨씬 깊게 내 이야기를 **하**

기 시작했다. 결과적으로 이 인터뷰 글은 나와 최진욱 씨가 주고받은 **대화의 형식**을 취하게 되었다.

- 은정아, 「우리가 꿈꾸던 삶은 어디로 갔을까?」
(김순천 외, 『부서진 미래』)

(그래서), (하지만), (그래서), (그래서) : 접속사는 꼭 필요한 경우만

역시나 습관은 하루아침에 생기지 않았다. 접속사 남발이다. 접속사에 괄호를 쳐보았다. 네 번 모두 의미 파악에 무리가 없다. 오히려 더 깔끔하다. 글을 고칠 때 접속사를 의식적으로 빼보자. 의미 파악이 안 되면 그때 다시 넣으면 된다.

사람들, 영화들, 것들
: '들'을 다시 살펴보자

습관적으로 '들'을 쓰는 경우가 많다. 영어의 영향이다. '사람들, 영화들' 두 단어 앞에 '많은'이라는 수식어가 있다. 중복이다. '들'은 없어도 된다. 네 번째 줄의 '것들' 역시, '많은 영화'를 받고 있다. '들'이 없어도 무방하다. 세 번째 줄의 '그것들'은 군더더기다. 삭제하자. 특히 우리말에서 '들'은, 빈정거림의 뜻으로 쓰이는 예가 많아 주의해야 한다.

꽤 흥행을 해서, 고백을 하자면
: '을'이 필요한가?

'을'을 지워보자. '꽤 흥행해서, 고백하자면'이 더 낫다. 물론 '흥행'이나 '고백'을 강조할 때는 '을'을 쓸 수 있다. 그러나 많은 경우 '을'이 없는 게 더 깔끔하다. 지금도 그렇다.

그것, 있을 것
: '것'은 반드시 다시 보자!

나만이 아니다(그렇다고 믿는다). '것'의 중독성은 매우 크다. 많은 사람이 '것'을 습관적으로 쓴다. 위 문장에서 '것'을 빼보자. "바로 영화와 방송이라는 영상 비정규직의 열악한 삶이다. (그래서) 나는 내 이야기를 함께 풀어야 진욱 씨의 현실을 더 잘 보여줄 수 있다고 판단했다." 어떤가? 빼면 더 명료하다.

대화의 형식
: '의'를 의식하자

'의'는 무의식적으로 쓰게 되지만, 빼고 보면 더 깔끔한 경우가 많다. 마지막 문장은 '의' 외에도 군더더기가 많다. "그래서 이 글은 나와 최진욱 씨의 대화 형식이다."로 정리하면 담백하다.

덧붙이자면, '적'(ex. 문화적 현상, 사회적 의미) 역시 '의'만큼 흔히 쓴다. '적'과 '의'를 의식해서 빼보자. 삭제 후가 여백이 생겨 더 깔끔한 경우가 많다.

하기 시작했다
: 중복 표현에 민감해지자

중복 표현이다. '시작했다'로 쓰면 깔끔하다. 습관적으로 잘 쓰는 또 다른 중복 표현으로 '하고 있는'이 있다. '한다'는 '있다'를 전제로 한다. 글을 쓰고 난 뒤, '하고 있는'만 찾아보자. 자신도 모르게 이 표현을 남발'하고 있는' 자신에게 놀랄 것이다.

두 단락의 짧은 발췌문 안에 군더더기가 많다. 불필요한 표현을 쳐내고 다시 본다. 여전히 부족하지만 처음보다 낫다. 대부분 글은 뺄수록 좋아진다. 쓴 글을 보고, 고치고, 다시 쓰며 여백이 있는 글쓰기를 해보자. 고치기 전과 후의 글을 비교해보자. 문장과 문장 사이 불어오는 담백한 바람이 느껴지지 않는가(느껴지길 바란다).

나 역시 여전히 부족하다. 그래서 노력한다. 수시로 검색도 하고, 관련 책도 본다. 여러 책을 봤지만, 현재 내가 주로 참고하는 책은 김정선의 『내 문장이 그렇게 이상한가요?』와 『동사의 맛』이다(참고로, 저자는 물론 출판사와도 아무런 연이 없다. 순전히 나의 개인 취향이다). 꼭 이 책이 아니어도 좋은 책은 많다. 내게 맞는 책을 찾아 옆에 두고, 필요할 때 한 번씩 들춰보길 권한다.

〔퇴고〕

남의 글 보듯

"옆집 아이 보듯, 내 아이를 봐라."

아이를 키울 때 흔히 듣는 말이다. 실제 경험해보니 진리다. 아이는 나를 통과해 세상으로 왔다. 그래서 착각한다. 나의 일부라 생각한다. 옆에 딱 붙어 자꾸 들여다보니, 장점도 단점도 크게만 보인다. 그 결과 객관적 눈을 잃고, 아이를 심하게 옥죄거나 반대로 크게 부풀려 칭찬한다. 반면 옆집 아이는 다르다. 장점도 단점도 그러려니 한다. 온전히 독립적인 생명체다. 부담 없이 바라보니 실수해도 귀엽다. 괜찮다. 잘해도 아이를 우주의 중심이라 여기지 않는다. 잘못해도 치명적인 비수를 꽂는 말을 하지 않는다. 거리를 두고 객관적으로 바라볼 수 있어야 아이에게 진짜 도움이 될 조언을 할 수 있다.

글을 고칠 때도 옆집 아이 바라보듯 하자. 그러기 위해서는 물리적 거리가 필요하다. 초고가 완성되면, 원고와 잠시 멀어지자. A4 두 장 내외의 짧은 글이면 하루로 충분하다. 200자 원고지 100매를 넘기면 적어도 2, 3일은 필요하다. 분량이 그 이상이라면 일주일 이상 떨어져 있는 것이 좋다.

원고와 거리 두기를 하며, 나는 저자에서 독자가 된다. 저자는 나의 글에 무한한 애정이 있다. 한 줄 한 줄이 소중하다. 삭제라도 할라치면(과장을 조금 보태) 오장육부를 도려내는 것 같다. 독자는 다르다. 냉철하다. 우리는 독자가 되어 퇴고해야 한다. 설명이 부족한 부분, 군더더기 표현, 논리적 오류 등은 낯선 독자의 눈으로 봐야 잘 보인다. 특히 할머니와의 인터뷰 글은 거리 두기가 더 중요하다. 나도 모르게 할머니 입장에서서 기울어진 글을 쓰는 경우가 왕왕 있기 때문이다.

무라카미 하루키는 『직업으로서의 소설가』에서 자신의 퇴고 과정을 서술하고 있다. 모두가 하루키처럼 장편 소설을 쓰진 않지만, 글쓰기 장르와 상관없이 그가 퇴고에 임하는 태도는 참고하면 좋겠다 싶어 간략히 소개해본다.

무라카미 하루키는 장편을 쓰고 나면 일주일쯤 쉬고 첫 번째 수정을 시작한다. 1차 수정은 큰 맥락에서 모순되거나, 맞지 않는 부분 수정이다. 전체 구조를 보며 흐름이 적당한지 파악하고, 주제에 벗어나는 단락이 없는지 살핀다. 상당 부분 버리고, 또 상당 부분 새롭게 쓴다. 이 과정이 끝나면 다시 일주일 정도 쉰 뒤, 2차 수정을 한다. 이때는 묘사나 대화, 말투 등을 고친다. 2차 수정이 끝나면 또 잠깐 쉰다. 3차는 소설 전개의 강약과 흐름을 조정하는 단계다. 3차 수정까지 마치면 하루키는 다시 한 달쯤 긴 휴식을 한다. 하루키는 이를 '양생 단계'라 표현했다. 양생은 공장이나 제작 과정, 혹은 건축 현장에서 그냥 가만히 두고 바람을 쐬게 하며 내부를 단단하게 하는 과정을 말한다. 작품뿐 아니라 하루키의 머릿속도 양생 과정을 거친다. 하루키는 양생 과정 후 다시 보면, 소설은 전혀 다른 작품이 되어 있다고 말한다. 새로운 작품이 되었으니 첫 번째 수정부터 다시 시작한다. 고치고, 또 고친다. 그는 이 작업을 헤아릴 수 없을 만큼 반복한다.

이 이야기의 포인트는 '하루키가 돼라'가 아니다. 될 필요도 없다(정확히는 '될 수도 없다'인가, 아무튼). 하루키가 자신의 글을 객관적 위치에서 최선을 다해보고, 또 보면서 다듬듯, 우리도 우리의 글을 그렇게 사랑해보자는 것이다. 퇴고 과정은 지난하고 힘들다. 누군가 글은 완성하는 게 아니라 포기하는 거라 말하기도 했다. 맞다. 퇴고는 엄청난 끈기와 인내가 필요한 작업이다. 그러니 넉넉한 시간과 강한 인내심을 가지고 반복하고, 또 하자. 거듭 말하지만, 글은 고칠수록 반드시 좋아진다. 일필휘지로 훌륭한 글을 뚝딱 쓰는 이는 없다. 세상 어딘가에 있을지 모르지만, 나는 아직 그런 사람을 보지 못했다. 간혹 고칠수록 이상해진다는 사람도 있다. 그것은 제대로 거리 두기를 하지 않았기 때문일 것이다. 아이를 우주의 중심에 둔 부모의 충고가 아이를 망치는 것과 같다. 저자가 아닌 날카로운 독자의 눈으로 보고, 고치고, 또 고쳐보자. 글은 반드시 좋아진다.

남의 글 보듯 내 글을 보기 위해, 내가 쓰는 또 다른 방법은 소리 내 읽는 것이다. 아이가 백일 때쯤부터, 잠자리 의식으로 책을 읽어주었다. 그림책을 읽은 지 7년쯤 된, 그러니까 아이가 만 일곱 살이 된 어느 날, 나는 짧은 문장의 비슷비슷한 그림책만 읽는 것이 너무 지겨웠다. 스토리가 탄탄한, 긴 문장의 책을 읽고 싶었다. 그때부터 긴 책을 읽어주기 시작했다. 첫 책은 『이상한 나라의 앨리스』였다. 일곱 살 아이는 눈을 반짝이며 집중해서 들었다. 자신이 이해할 수 있는 선에서 이해하며 즐거워했다(아이는 아홉 살에도, 열 살에도 이 책을 스스로 다시 읽었다. 그때마다 다른 책이 되었을 거라 생각한다). 그렇게 나의 장편 낭독이 시작되었다. 처음에는 로알드 달이나 아스트리드 린드그렌의 소설처럼 아이가 재미있어 하는 책 위주로 읽었다. 후에는 세계 문학 전집도 읽고, 창작 소설도 읽고, 역사서도 읽었다. 원칙은 간단했다. '좋은 문장으로 된 책을 읽는다. 축약본은 읽지 않는다.' 긴 책도 두렵지 않았다. 어차피 하루에 한 챕터씩 읽는 거니까, 책이 두껍든 얇든 내가 읽는 분량은 비슷했다. 『나니아 연대기』 시리즈 전권을 읽고, 700페이지가 넘는 『해저 2만리』도 읽었다. 그렇게 거의 매일 밤 아이들에게 읽어준 책은 쌓이고 쌓여, 아이 키를 훌쩍 넘어섰다.

여기서 장황하게 개인적 이야기를 늘어놓은 것은 매일의 낭독이 가져온 변화를 공유하고 싶어서다. 물론 아이에게도 당연히 좋(겠)지만, 그보다 내게 더 좋았다. 꾸준히 매일 낭독하기 전에는 소리 내서 문장을 읽는다는 것이 어떤 느낌인지 정확히 몰랐다. 이제는 안다. 소리 내서 글을 읽는 것은, 글을 오감으로 느끼는 것이다. 맨발로 보들보들한 잔디 위를 천천히 걷는 것과 비슷하다. 문장 하나하나를 눈으로 훑고, 입으로 발화하고, 그것을 다시 귀로 듣는다. 빨리 읽을 수도 없다. 그래서 더 와닿는다. 읽으면서 머릿속에 문장이 그려진다. 천천히 하나하나를 곱씹을 수 있다. 신발을 신고 빨리 달릴 때는 느낄 수 없던 감각이 깨어난다.

우리의 글도 소리 내어 읽으며 퇴고해보자. 문장이 또박또박 내게 걸어온다. 눈으로 읽을 때 놓쳤던 비문이나 오류도 더 잘 보인다. 덜컹거리는 문장도 소리 내 읽으면 금세 눈에 띈다. 한번 해보라. 논리가 탄탄하고 문장이 단단해서 술술 잘 읽힐 때까지, 읽으며 고치고 또 고쳐보자.

〔마무리〕

소소하지만 도움이 되는

십 년도 지난 이야기다. 밤새 더빙 원고를 썼다. 성우 녹음 한 시간 전, 겨우 보냈다. 뻣뻣하게 굳은 등을 살포시 바닥에 눕혔는데 전화벨이 불안하게 울렸다. 역시나 나쁜 예감은 틀리지 않는다. 피디는 원고가 이상하다 했다. 떨리는 손으로 다시 파일을 열었다. 머리카락이 쭈뼛 섰다. 마지막 수정 부분이 사라졌다. 저장이 제대로 안 된 것이다. 더빙 한 시간 전이었다. 머리가 하얘졌다. 한때 내 원고를 화려하게 수놓았던 문장은 블랙홀로 사라졌다. 올해의 명문장상(이라는 게 있다면)을 받을 수 있을 만큼 잘 쓴 글이었던 것 같은데! 찬란하게 빛났던 그 글들은 햇볕에 녹은 눈처럼 흔적도 없다. 다시 쓰려 노트북 앞에 앉았지만, 한 문장도 기억나지 않았다. 그때 내가 느낀 단 하나의 감정은 무엇을 쓰든 '내가 잃어버린 그것'보다는 못할 것이라는 절망감이었다.

그 후 나는 글을 쓸 때마다 강박적으로 단축키를 눌러 주기적으로 저장한다. 단락째 날리는 수정을 하면 다른 이름으로 저장하기를 눌러 새 버전을 저장한다(물론 지금은 대부분 문서프로그램에 자동저장 기능이 잘 되어 있어, 그때와 같은 불상사가 일어날 가능성이 거의 없다. 그러나 난 여전히 그렇게 한다). 또 '[글 제목]-부스러기'라는 문서를 하나 만들어 삭제하는 문장이나 단락을 이곳에 모은다. 아주 가끔 '부스러기' 문서에서 내가 버린 문장을 찾아 다시 쓰기도 하지만, 대부분은 그냥 버려진다. 삭제에는 이유가 있다. 보통의 경우, 다시 문장을 불러와도 별로일 가능성이 크다.

그럼에도 불구하고 나는 여전히 여러 버전으로 열심히 저장한다. 중요한 건 실제로 다시 쓰느냐가 아니다. 글을 쓰다 보면 삭제한 문장을 '괜히 지웠다'는 생각이 들 때가 있다. 그럴 때, 그러니까 내가 썼다가 내 손으로 지운 (명)문장을 영영 잃어버렸다는 생각이 들

때의 자괴감은 상상 이상이다. 상실은 기억을 왜곡시킨다. 사라진 문장은 내 마음속에서 늘 명문장일 수밖에 없다. 자괴감 극복에 소비될 정신적 에너지와 시간을 아끼기 위해, 수정할 때는 반드시 다른 버전으로 저장해두기를 권한다.

또, 좋은 맞춤법 교정 프로그램도 소소하지만 큰 도움이 된다. 맞춤법과 띄어쓰기는 어렵다. 나도 그렇다(설마, 나만 그런가?). 작가랍시고 20년 가까이 쓰고 있음에도 불구하고 그렇다. 차마 여기에 쓸 수 없을 만큼 민망한 실수도 참 많이 했다(웬만하면 쓰겠는데, 정말 부끄러워서 못 쓰겠다).

그래서 나는 여러 번의 교정을 권한다. '보고, 또 보고'는 기본이다. 맞춤법은 수십 번 봐도 잘 보이지 않는다. 신기하게도 인쇄되어 나오면 잘 보인다. 그래서 권하는 것이 좋은 프로그램의 활용이다. 문서 프로그램에 딸린 맞춤법 교정 기능은 기본이다. 나는 우리말 배움터의 '맞춤법/문법 검사기'를 애용한다. 문장 전체를 복사해서 검사기 안에 붙이면 맞춤법과 띄어쓰기는 물론, 순화된 표현까지 알려준다. 매우 유용하다.

물론 이런 프로그램에도 오류는 있다. 좋은 프로그램을 활용하되, 최대한 열심히, 반복해서 보자. 그렇게 해도 인쇄되어 나온 내 글에 오류가 있다면(대부분 있다), 겸허히 받아들이자. 다음에는 틀리지 말자. 우리는 불완전하다. 이를 인정하고 오류가 없도록 사전에 노력하자.

PART 5
인터뷰와 글쓰기 사이의 별책부록

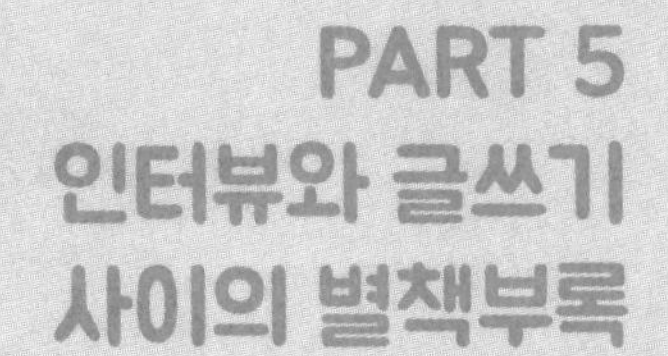

—

우리가 지구 생명의 본질을 알려고 노력하고 외계 생물의 존재를 확인하려고 애쓰는 것은 실은 하나의 질문을 해결하기 위한 두 개의 방편이다. 그 질문은 바로 '우리는 과연 누구인가'이다.

칼 세이건, 『코스모스』

누군가를 만나 이야기를 듣고, 기록하고, 의미를 파악하는 일을 오롯이 해본 이는 안다.
이 모든 과정의 끝에서 만나는 것은 결국, '나'라는 것을.
어떤 타인과의 만남도, 결과물도, 나를 넘지 못한다.

글쓰기의 마법을 경험해보길 권함

'개와 늑대 사이의 시간'이라는 것이 있다. 해가 완전히 지기 전, 석양이 붉게 지는 시간이다. 밝지도 어둡지도 않은 몽환적인 시간. 서서히 흐릿해지는 세상 위, 저 멀리 실루엣이 보인다. 내가 사랑하는 개인지, 혹은 나를 공격할 수 있는 늑대인지 정확히 분간할 수 없다. 앞으로 어떤 일이 닥칠지도 알 수 없다.

지금까지 우리는 개인지, 늑대인지 선명하게 구분되는 시간에 관해 이야기해왔다. 어떤 할머니를 어떻게 인터뷰해서 어떻게 글을 쓸지에 대한 것이 그것이다. 그러나 우리에게는 그런 시간만 있는 것이 아니다. 마지막으로 '개와 늑대 사이의 시간'에 대해서 이야기해보고자 한다. 다시 말해, 인터뷰와 글쓰기를 끝냈거나 혹은 막연히 준비 중일 때 우리가 할 수 있는 것들에 대한 이야기다. 그런 의미에서 이 챕터에서 하게 될 이야기는 일종의 별책부록이라고도 할 수 있다.

오래된 기억이 있다. 초등학교 6학년 때였다(물론 난 국민학교를 다녔다). 나는 내성적이고 조용한 아이였다. 책 읽기를 좋아했지만, 딱히 글을 써야겠다는 생각은 없었다.

어느 날, 시내 서점에 책을 사러 갔다. 당시 내가 살던 대구에는 큰 서점이 몇 개 없었다. 내가 사려는 책은 두 권이었는데 처음에 간 서점에는 한 권밖에 없었다. 나머지 책을 사기 위해 다른 서점에 갔다. 서점 매대에는 책을 담을 수 있는 비닐 백이 비치되어 있었다. 나는 비닐 백을 하나 빼서 다른 서점에서 사 온 책을 담았다. 그것을 손에 들고, 나머지 한 권을 사기 위해 책을 고르고 있었다. 그런데 갑자기 점원이 나를 부르더니 비상계단 쪽으로 데려갔다. 그리고는 대뜸 책을 훔친 거 알고 있으니 내놓으라고 했다.

심장이 쿵쿵 뛰었다. 넥타이를 맨 젊은 직원은 다

알고 있으니 책만 돌려주면 순순히 보내주겠다 했다. 억울했다. 그 비닐 백 안에 든 책이 뭐냐고 물어봤으면 이런 오해는 없었을 것 같은데, 직원은 물어볼 필요조차 없다고 생각했던 것 같다. 너 같은 아이 하루에도 몇 명씩 본다고 몰아세웠다. 비상계단은 서늘하고 적막했다. 오로지 젊은 직원의 날 선 말만이 적막을 갈랐다. 팔에 으스스 소름이 돋았다. 어린 나는 울음 섞인 목소리로 '아니에요. 아니에요'만 반복했다. 점원은 경찰서를 가봐야겠냐고 으름장을 놨다.

그제야 영수증 생각이 났다. 다행히 바지 주머니 안에 꼬깃꼬깃 접힌 영수증이 있었다. 점원은 영수증을 보더니, '아…'라고 했다. 그의 얼굴이 붉어졌던가? 잘 기억나지 않는다. 점원은 말없이 비상계단의 문을 열었다. 우리는 다시 넓고 환하고 깨끗한 서점 안으로 들어왔다. 5월의 햇살처럼 빛나는 서점 조명이 눈부셔 살짝 눈물이 났다. 돌아보니 그는 없었다. 미안하다는 말도 없이 사라져버렸다.

나는 책도 못 사고 도망치듯 집으로 왔다. 그날 자려고 누웠는데, 잠이 안 왔다. 생각할수록 억울했다.

지금이라면 정말 문제가 될 상황이지만, 당시는 그런 생각도 못 했다. 도둑으로 몰린 것도 억울했지만, 사과 한마디 하지 않은 아저씨가 너무 미웠다. '말끔한 넥타이와 양복을 입고 아이에게 어떻게 그런 행동을 하지?'란 생각이 머릿속을 계속 맴돌았다. 분했다.

얼마 뒤, 학교에서 백일장이 열렸다. 나는 가슴속에 담아두었던 그날의 일이 떠올랐다. 글을 쓰며 감정을 복기했다. 당황하고 무섭고 억울했던 나의 마음이 차례로 원고지 위에 쏟아져 내렸다. 순식간에 원고지 열 장이 채워졌다. 개운했다. 후련했다. 밀린 빨래를 다 해서 햇볕에 말린 것처럼 마음이 뽀송해졌다.

그 글이 글짓기 최우수상을 받았다.

나는 전교생 앞에서 상을 받았다. 글은 복도에 한동안 전시되었다. 선생님과 아이들이 나에게 "진짜 있었던 일이냐? 아저씨 완전 나쁘다. 무서웠겠다"며 말을 걸어왔다. 너무 억울해서 감정을 쏟아낸 것뿐인데, 많은 이들의 주목과 칭찬을 받았다. 내성적이고 조용해 존재감 없던 내게 생긴 기적 같은 변화였다.

이것이 글쓰기에 대한 나의 첫 기억이다. 그 경험

은 이후 나에게 큰 영향을 주었다. 힘든 일이 있으면 읽고, 썼다. 그때마다 글의 힘으로 다시 일어섰고, 지금은 글이 업(業)이 되었다.

무슨 약장수 같지만, 글쓰기는 힘들 때만 유용한 것이 아니다. 좋은 일도, 아쉬운 일도, 찜찜한 일도 글로 쓰면 객관화가 된다. 어느 순간 나의 입장만이 아닌 전체 상황을 조망할 힘이 생긴다. 일상에서 마음에 와닿는 일이 있다면, 일단 써보자. 누구를 위해서도 아닌 나를 위한 글을 써보자.

글은 생각보다 힘이 세다. 정리되지 않은 감정이 내면에 오래 머물면 상처가 된다. 상처는 남을 해치거나 나를 해친다. 그러나 글로 쏟아내면 달라진다. 정리된다. 덜 아프다. 상처가 아닌 경험이 된다. 인생은 원래 오르락내리락한다. 나만 그런 것도 아니고, 지금만 그런 것도 아니다. 상처받을 일은 또 생긴다. 다음에 비슷한 상황을 다시 만났을 때 내면에 아물지 못한 상처가 있으면 덧난다. 더 아프다. 반면 경험이 있다면 아프지 않다. 더 단단해진다. 더 성장한다. 같은 상황에서도 스스로 키우고, 성장시킬 수 있다. 글쓰기의 마법이다.

글을 쓰는 첫 번째 열쇠

영화 〈파인딩 포레스터〉에서 전설의 작가 포레스터는 비상한 문학적 재능을 가진 청년에게 이렇게 말한다.

> "생각 금지. 생각은 나중에 떠오르는 법. 처음에는 가슴으로 써라. 다음에는 머리로 고쳐 써라. 글을 쓰는 첫 번째 열쇠는 생각하는 것이 아니라 쓰는 것이다."

바로 앞에서 글을 쓰면 좋다고 기쁘다고 추켜세웠다. 그러나 세상에 공짜는 없다. 글은 갑자기 써지지 않는다. 머릿속에서 맴돌고 손끝에서 일렁여도 막상 쓰려고 하면 사라진다. 쓰기까지 저항이 만만치 않다. 기쁨을 느끼기 전에 좌절이 온다. 그래서 우리는 평소에 글 쓰는 몸을 만들어야 한다. 글은 엉덩이가 쓴다, 손가락이 쓴다, 의견이 분분하다. 분명한 것은 '생각'만으로는 쓸 수 없다는 것이다. 앉아서 애써 노력해야 뭐라도 써진다. 우직하게 '쓰기'를 매일 반복하는 것. 모두가 아는 글을 쓰는 첫 번째 열쇠다.

그러나 고백한다. 이런 말을 뻔뻔하게 하고 있지만, 나도 글 쓰는 몸을 만들기가 쉽지 않았다. 나는 돈을 받고 글을 쓰는 일, 그러니까 마감에 의지해 글을 써왔다. 방송과 잡지 등에 글을 썼으니 당연했다. 삶의 시계는 마감에 맞춰졌다. 방송의 경우, 아이템 찾기와 기획이 걷기라면 촬영 · 편집 원고 쓰기는 뛰기였고, 더빙 원고 쓰기는 KTX 타기였다(물론 나의 글 속도는 거기에 훨씬 못 미쳤다. 심리적으로 그렇다는 말이다). 출판물도 크게 다르지 않다. 마감을 무사히 넘기고 나면 맥이 탁 풀려 한없이 게을러졌다. '해야 하는데'라고 괴로워만 하며, 글쓰기를 미룰 수 있는 데까지 미뤘다.

그러다 이제는 정말 더는 미룰 수 없다는 시점에 이르러서야 어쩔 수 없이 쓰기 시작했다. 쳇바퀴 속 다람쥐가 따로 없었다. 타율적 강제로 만들어진 루틴 안에서 떠밀려 쓴 글은 '나의 글'이 아니었다. '주문'받은 글을 가까스로 써낼 뿐, 내가 쓰고 싶은 나의 글을 쓸 수 없었다.

그냥 글을 쓰는 일, 그냥 키보드를 두드리는 일. 마감 혹은 타율적 강제와 상관없이 매일 글을 쓰는 행위를 반복하는 것이 중요하다. 지금은 아침에 일어나면 일단 노트북 앞에 앉는다. 주로 전날 읽다가 손으로 필사한 내용을 타자로 옮기며, 짧은 감상글을 쓴다. 물론 '주문'받은 일이 있으면 그걸 먼저 한다. 이제는 마감 전에 먼저 쓰려고 노력한다. 충분한 시간을 확보해야 쫓기지 않고 나의 글을 쓸 수 있기 때문이다. 문제는 마감 여부가 아니다. 글 쓰는 행위의 주체가 누구인가다. 지금의 나는 그렇게 그냥, 매일, 자신의 글을 쓰는 사람이 되려고 노력한다. 그 글이 의뢰받은 글일 수도 있고, 나의 일기일 수도, 필사일 수도 있다.

성공한 작가는 모두 자신만의 글쓰기 노하우가 있다. 새벽에 쓴다, 밤에 쓴다, 카페에서 쓴다, 커피 마시고 쓴다, 명상하고 쓴다, 달리기 하고 쓴다 등 모두 다르다. 공통점은 단 하나, '꾸준히 쓴다'뿐이다. 그들 역시 글 쓰는 일이 어렵고 힘들다(고 한다. 일단 믿어보자). 그렇다. 너도 나도 누구나 힘들다. 글 쓰는 것은 원래 힘들다. 그러니 그냥 해보자. 하나 희망이 있다면 다른 모든 일처럼 글쓰기도 반복하면 좋아진다는 것이다. 운동과 비슷하다. 매일의 연습이 쌓여야 완주할 수 있는 마라토너처럼, 우리도 묵묵히 매일 글 쓰는 시간을 쌓아보자. 그러다 보면 짜릿한 희열의 순간이 반드시 온다.

이때 독자가 있는 공적인 글을 쓰면 좋다. 할머니 인터뷰를 다 끝낸 뒤, 막상 글을 쓰려면 막막하다. 인터뷰와 글 사이에는 긴 강이 흐른다. 그 강을 건너는 일은 늘 어렵다. 평소에 돌다리를 좀 놓아둔다면 그나마 나을 것이다. 공적인 글쓰기가 우리의 돌다리가 될 수 있다.

처음에는 개인 블로그 등에 올리며 써도 좋다. 몇 명만 들어와 읽어도 괜찮다. 나의 머릿속에 이미 '독자'가 있기 때문이다. 독자가 있는 글은 달라진다. 〈오마이뉴스〉 시민기자나 〈브런치〉 같은 곳에 지원해 글을 써도 좋을 것이다. 많은 이들이 그런 경로로 꾸준히 글을 쓰다 책을 내고, 작가가 된다.

이런 방식이 부담스럽거나 온라인에 익숙지 않다면 독서 모임, 글쓰기 모임에 참여해 함께 읽고 쓰기를 해도 좋다. 서로가 서로에게 독자가 되어주는 것이다.

요지는 어떤 방법이든 좋으니, 누군가에게 읽히는 글을 쓰며 '글 쓰는 몸'을 만들자는 것이다. 이것이 글을 쓰는 첫 번째 열쇠이자, 마지막 열쇠다. 쓰면 는다. 쓰면 쌓인다. 쓰면 쓸수록 잘 써진다. 정말이다.

‘사람 책’을 깊게 읽기 위한 책 읽기

나는 다섯 살부터 서울로 대학을 올 때까지 같은 집에서 살았다. 부모님은 맞벌이였고, 식구가 무려 일곱 명이었다. 아빠 차는 5인승이라 모두 탈 수조차 없었다. 게다가 엄마는 우리 집 1층에서 이불 가게를 했다. 동네 가게의 특성상 주말에도 문을 닫을 수 없었다(문이 닫혀 있으면 대문을 열고 들어와 엄마를 찾았다). 자연히 가족 여행의 기회는 많지 않았다. 특별히 문화적 혜택을 받을 수 있는 환경도 아니었다. 당시 대구에는 미술관이나 박물관도 그리 많지 않았지만, 꼭 가봐야 한다는 의식도 없었다. 학교 단체관람이나 가끔 영화 보기 정도가 문화생활의 전부였다. 나의 동선은 단순했다. 학교와 집, 고작해야 친구 집과 학원 정도를 벗어나지 않았다. 내가 사는 현실 세계는 좁았다.

그러나 나의 세계는 좁지 않았다. 엄마는 가게로 오는 영업 사원들에게 책을 잘 샀다. 그 유명한 계몽사 소년소녀문학전집부터 세계문학, 한국문학 전집이 책장을 가득 채웠다. 나이 차가 있는 두 언니 역시 문학소녀였다. 좋은 단행본을 주기적으로 샀다. 나는 그 책들을 닥치는 대로 읽었다.

『지저세계 펠루시다』(에드거 라이스 버로스 저)를 읽으며 땅 밑의 미지의 세계에 대해, 『젊은 베르테르의 슬픔』(요한 볼프강 폰 괴테 저)을 읽으며 누군가를 향한 마음의 결에 대해, 『죄와 벌』(표도르 도스토옙스키 저)을 읽으며 파멸로 걸어가는 사람의 심리에 대해, 『개미』(베르나르 베르베르 저)를 읽으며 나의 입장과 위치에 따라 달라지는 세상의 모습에 대해 상상했다. 사회 문제에 관심 많은 언니 덕에 막심 고리키의 『어머니』, 조세희의 『난장이가 쏘아올린 작은 공』 같은 책을 중학교 때 읽었다. 일단 손에 든 책은 무조건 다 읽어야 한다는 융통성 없는 성격 덕에, 이해는 못 해도 어쨌든 다 읽었다. 몇 장면이 뇌리에 박혔다. 그땐 몰랐지만, 그들이 느꼈을 억울함과 부조리함 같은 게 내 마음에 들어와 앉았다.

책의 구체적 스토리는 기억나지 않지만, 책을 읽던 그때의 감각은 아직 또렷하다. 정신없이 책을 읽고 마지막 장을 덮은 뒤 눈을 든 순간, 세계가 달라져 있던 선연한 느낌들. 말로 설명할 순 없었지만 나는 내 안에서 '세계가 확장'되던 순간을 또렷이 느꼈고 전율했다. 온몸으로 경험한 책의 마법이었다. 방 한구석, 나의 현실적 위치에 고요히 머물며 전혀 다른 세계를 만나고 접했다. 나는 책을 통해 타인(혹은 개미 같은 전혀 다른 생명체)의 입장이 되어, 그들이 사는 다른 세계 속으로 깊이 빠져들어 갔다. 주인공처럼 느꼈다. 웃으면 웃고, 아파하면 아파했다. 다양한 책 속 여행이 나를 조금씩 변화시키고, 성장시켰다.

할머니 혹은 누군가를 만나 이야기를 들을 때 가장 필요한 건 무엇일까? 그들의 과거와 현재를 '지금, 여기'에서 함께하는 것이다. 할머니가 말하는 시공간으로 함께 떠날 수 있어야 한다. 단순히 물리적으로 함께하는 걸 넘어, 마음으로 연결되어야 한다. 이를 우리는 깊은 공감이라 부를 수 있을 것이다. 그러나 이 능력은 하늘에서 뚝 떨어지지 않는다. 황현산 선생은 '어떤 사람에게는 눈앞의 보자기만한 시간이 현재지만, 어떤 사람에게는 조선 시대에 노비들이 당했던 고통도 현재'일 수 있으며, '한 사람이 지닌 감수성의 질은 그 사람의 현재가 얼마나 두터우냐에 따라 가름'된다 했다. 부족한 우리는 눈앞의 보자기만한 시간에 붙들리지 않기 위해 끊임없이 노력해야 한다. 다양한 삶의 결을 느낄 수 있는 좋은 책을 많이 읽는 것은 우리가 할 수 있는 최선이자, 최상의 노력이다.

요즘 같은 디지털 시대에 책을 깊게 읽는 일은 쉽지 않다. 빠르고 쉬운 자극에 익숙해진 뇌는 길고 해석을 요구하는 문장을 읽는 것을 거부하기 쉽다. 그러나 할머니의 말은, 타인의 삶은, 그리고 내가 당면한 삶의 문제는 쉽고 간단하지 않다. 오히려 문학작품보다 더 난해하고 어려운 해석을 요구할 때가 많다. 그러니 지금부터 천천히, 조금씩, 깊게 읽기를 하며, 책과 삶에 대한 이해력을 높여보자.

책 읽기에 정해진 방법은 없다. 나는 사방에 책을 둔다. 침실에는 한 20권 정도(남편 추산 40권)가 있다. 거실 소파 옆, 화장실, 내 책상 위에 각기 다른 책이 있다. 물론 읽다가 재미있으면 장소 상관없이 들고 다니며 읽는다. 현재 소파 옆에는 세계사 관련 책이, 침대 옆 탁자에는 과학 소설이, 내 책상 위에는 글쓰기 책이 있다. 화장실에는 시집이다. 그렇다고 이 방법을 적극 권장할 생각은 없다. 그냥 어쩌다 생겨버린 나의 책 읽는 방법을 예로 든 것뿐이다. 사실 예전에는 이런 스타일이 아니었다. 앞서 말한 것처럼 한 책을 읽으면 그 책을 다 읽기 전까지 다른 책을 못 읽었다. 그러나 육아와 일, 대학원 공부까지 병행하는 삶을 살다 보니 책 읽는 스타일도 바뀌었다(이렇게 쓰고 보니 조금 슬프지만, 이 방법도 꽤 괜찮다). 읽을 수 있는 그때, 읽을 수 있는 책을 읽는다. 다시 말하지만, 책 읽기에 정해진 공식은 없다. 예전의 나처럼 한 책을 파고들어도 되고, 지금의 나처럼 여러 책을 동시에 읽어도 된다. 또 다른 방법도 좋다. 자신만의 방법을 찾아 읽자.

그동안 책을 읽어오지 않았다면 베스트셀러부터

시작하는 것도 괜찮다. 많은 이가 선택한 데는 어쨌든 이유가 있다. 다만 너무 가볍고 시류를 따르는 책에만 함몰되지 않으면 된다. 검증된 책을 찾아 읽는 것도 좋다. 고전의 경우 긴 시간 살아남은 책이므로 도전할 만하다. 나 역시, 어릴 때 읽은 수많은 책 중 지금 나에게 선명한 기억을 남기는 책 대부분은 고전이다. 물론 고전이라고 해서 모두에게 무조건 좋지는 않겠지만. 확률은 확실히 높다.

올해의 출판인이 뽑은 완벽한 소설이더라도, 죽기 전에 읽어야 할 책 100권 중 하나이더라도, 모두가 이구동성으로 좋다고 해도 이해가 안 되거나 어렵게 느껴지면 일단은 그냥 덮자. 괜찮다. 내가 부족한 게 아니다. 지금의 나와 책이 맞지 않을 뿐이다. 그러나 우리는 변한다. 그러니 완전히 버리지는 말자. 책은 나의 상황에 따라, 장소에 따라 전혀 다른 얼굴을 보여준다. 언젠가 그 책이 다시 끌리는 날, 새로이 펼쳐보자. 책의 몸과 마음이 달라져 있을 수 있다. 만약 그때도 안 끌린다면? 역시 괜찮다. 우리가 읽어야 할 좋은 책은 봄날 벚꽃 길에 흩날리는 꽃잎만큼이나 많다.

자신만의 책 읽기 궤도에 올라서면, 그다음부터는 어렵지 않다. 읽다 보면 또 읽고 싶다. 진짜다. 책 한 권에 흠뻑 빠졌다가 나오면 그 작가의 다른 책을 찾아 읽어도 좋다. 혹은 그 작가가 언급했거나, 참고문헌에 실린 책을 찾아가며 읽는 것도 방법이다(참고로 이 책의 참고문헌에도 좋은 책이 많다). 도서관에 가서 비슷한 위치의 다른 책을 빌려도 좋다. 열 권을 빌려서 두세 권의 마음에 드는 책을 만났으면 성공이다. 그렇게 책을 찾고, 읽다 보면 가슴을 울리는 책을 만나게 된다.

누군가를 만나 그의 삶의 내밀한 이야기를 듣는 일은 지금까지 그 누구도 읽은 적 없는 책을 깊게 정독하는 일이다. 내가 얼마큼 준비가 되어 있느냐에 따라, 내가 읽을 수 있는 '사람 책'의 깊이가 정해진다. 깊이 읽은 사람이 깊이 공감할 수 있고, 깊이 써낼 수 있다. 무엇보다 자신의 현재가 두터워, 남다른 감수성의 질을 가진 사람이 될 수 있다. 인터뷰를 하고, 글을 쓰는 데만 도움이 되는 것이 아니다. 살아가는 내내 든든한 자산이 될 것이다.

내일을 기대하며, 씨앗 문장 심기

베란다 화분에 상추씨를 뿌렸다. 3일 후, 꼬물꼬물 새싹이 올라온다. 일주일쯤 지나자 파란 몸을 드러냈다. 살짝 만져보니 야들야들 부드럽다. 잠깐의 마주침에도 손끝에 풀 향이 고인다. 상큼하고 신비롭다. 까맣고 작은 씨앗이었다. 불과 일주일 전에는 상상할 수 없던 변화다. 그저 땅속에 자리 잡게 해주고, 물을 주고 기다렸을 뿐인데, 시간을 머금고 스스로의 힘으로 세상에 나왔다. 푸릇푸릇 존재감이 눈부시다.

씨앗을 심는 것은 내일을 기대하는 일이다. 책을 읽다 좋은 문장을 만나면 문장에 밑줄을 긋고, 필사하고, 모으자. 이 문장이 나의 씨앗 문장이 된다. 좋은 문장에는 강력한 힘이 있다. 좋은 문장을 접하고, 베껴

쓰고, 다시 읽는 행위를 반복하며 나의 감성이 벼려진다. 그 문장은 나의 내면 어딘가에 심긴다. 그러다 햇볕과 바람이 적당한 어느 날, 나의 글에 싹튼다. 무심코 지나칠 수 있었던 장면에 감응하고, 불분명하게 떠도는 마음을 활자화할 수 있게 된다. 씨앗 문장의 힘이다.

어떤 책이든 좋다. 나는 서사에 익숙한 사람이라 주로 산문을 읽었다. 그러나 최근에는 일부러 시를 찾아 읽으려고 노력한다. 나에게 시는 아인슈타인의 '상대성 이론' 같은 것이었다. 아주 중요한 이야기 같긴 한데, 무슨 말인지 도통 알 수가 없었다. 답답했다. 시를 읽고 마음이 쿵 내려앉았다는 사람도 많던데, 나는 고장 난 자전거 바퀴처럼 생각이 헛돌았다. 시를 잘 이해 못 하는 내가 못난 사람같이 느껴졌다. 그래서 피했다. 잘 안 읽었다. 그래야 할 것 같아 시집은 꾸준히 샀지만, 그냥 책장에만 꽂고 외면했다.

그러던 어느 날, 나의 책장 시 코너 앞에 서게 됐다. 시집 위에 뽀얀 먼지가 보였다. 문득 '시가 꼭 심오한 철학을 이야기하는 걸까?'란 의문이 들었다. 나아가 '저자의 의도를 반드시 파악해야 할까?'란 생각도 들었다. 「님의 침묵」에서 님이 사랑하는 게 사람인지, 국가인지가 중요한가? 둘 다일 수도 있고, 아닐 수도 있지 않나. 무엇보다 가장 큰 자각은 '나는 왜, 누구 눈치를 보느라 내 돈 주고 산 내 책을 마음대로 읽지 못하는가'였다. 독자의 이해력만큼 오독되는 건 모든 글의 숙명이다. 나는 왜 시를 읽으며 정답 맞히기를 해야 한다고 생각했을까. 시험지도, 답지도 없는데 말이다.

그 후 마음 편하게 그냥 시를 본다. 말 그대로 그림을 보듯, 풍경을 보듯 그냥 본다. 보다가 좋으면 필사한다. 마음을 비우고 읽다 보니, '무심히 스쳐 지나는 일상의 한 단면을 뚝 잘라, 시인의 시선으로 우리에게 펼쳐 보이는 게 시구나' 정도로 시가 이해됐다. 시인의 의도가 무엇이든, 이 시를 통해 내가 볼 수 있는 건 '내 시간의 단면'이니까. 그냥 내 느낌대로 이해하면 되겠다고 마음대로 생각한다. 오독해도 즐겁다. 아니 오독해서 즐겁다. 마음 편히 시를 바라보니, 시도 역시 사람 사는 이야기였다(더 심오한 무엇도 있겠으나, 나의 이해력으로는 그렇다). 실제 할머니 인터뷰를 하다 보면 시의 감성이 할머니의 언어로 나오는 경우도 많다. 다음의 두 예시를 보자.

[예시 1]

가끔 슬픔 없이 십오 초 정도가 지난다
가능한 모든 변명들을 대면서
길들이 사방에서 휘고 있다
그림자 거뭇한 길가에 쌓이는 침묵
거기서 초 단위로 조용히 늙고 싶다
늙어가는 모든 존재는 비가 샌다
비가 새는 모든 늙은 존재들이
새 지붕을 얹듯 사랑을 꿈꾼다
누구나 잘 안다 이렇게 된 것은
이렇게 될 수밖에 없었던 것이다

– 심보선, 「슬픔이 없는 십오 초」 부분

[예시 2]

"파도는 나가기만 하는 게 아니야. 들어오면 또 그렇게 살면 되는 거야. 너나 내나 다 운세지 어떻게 다 틀어막니? 나갈 운세에는 주저 말고 내보내. 나갈 운세니까. 내가 어떻게 세상을 막니? 그리고 조금만 더 참고 극복해 가. 그럼 살길이 돌아온다. 살던 놈은 또 산다. 걱정하지 마."

– 은정아, 「살던 놈은 또 산다. 걱정하지 마」,
『수원골목잡지 사이다』 V.7, 2013년 11월

어느새 '비가 새는 늙은 존재'가 된 나는, 「슬픔이 없는 십오 초」를 읽으며 세상에 많은 이들이 '이렇게 될 수밖에 없었던 것'이라는 그 문장을 받아들이게 된다. 마음이 텅 빈 어떤 날, 무심히 앉아 슬픔이 없는 십오 초를 상상한다. 십오 초 뒤에는 다시 '그럴 수밖에 없는 일'들이 되풀이될 테지만. 괜찮다. 삶은 그런 거니까. 다시 '새 지붕을 얹듯 사랑을 꿈'꿀 수 있다.

[예시 2]의 할머니는 시인이 내게 전해준 그 감성을 자신의 언어로 말하고 있다. 심보선 시인의 '누구나 잘 안다 이렇게 된 것은/ 이렇게 될 수밖에 없었던 것이다'와 할머니의 '너나 내나 다 운세지 어떻게 다 틀어막니?'는 표현은 다르지만, 본질은 같다. 할머니 언어가 시인이 내게 준 감성을 자극한다. 시인의 말이 할머니의 인터뷰를 포근히 감싼다. 시를 읽고 필사하면 한 가지 상황에 수만 가지 결이 있을 수 있다는 걸, 그 결에 따라 각기 다른 색으로 빛날 수 있다는 걸 알게 된다.

시뿐 아니라 어떤 장르의 책이든 좋다. 마음을 움직이는 문장, 그저 예쁜 문장, 멋있어 보이는 문장 무엇이든 좋다. 밑줄 긋고, 필사하고, 되새겨보자. 글이 이토록 영롱하게 표현될 수 있다는 걸 손끝에서부터 느껴보자. 그리고 씨앗이 품은 내일을 기대해보자.

닫는 글

닿을 수 없는 당신에게 닿기 위해

2015년 5월 말, 운동화를 신고 집을 나섰다. 팽목항에서 출발한 세월호 삼보일배 순례단이 내가 사는 지역을 지나는 날이었다. 8차선 도로 옆 좁은 인도를 느릿느릿 걸었다. 행인이 지나다닐 수 있게 한 줄로 섰다. 순례단은 세 걸음 걷고 멈춘 뒤 낮게 웅크려 절했다. 보이는 건 몇 걸음 앞에 서 있는 앞사람의 뒷모습뿐이었다. 길 위에 섰지만, 정작 길은 보이지 않았다. 그저 앞 사람만 보며 그렇게 걷고 있었다.

한 유족의 등산화 뒤꿈치가 무너져 있었다. 그는 무너진 등산화를 딛고 휘청거리며 일어섰다. 잠시 비틀대며 섰다가 걷고, 다시 작아졌다. 등산화가 무너질 시간 동안 그가 보냈을 수많은 낮과 밤. 그리고 앞으로 보내게 될 수많은 낮과 밤이 얼마나 길고 깊을지, 나는 감히 상상조차 할 수 없었다.

노란 띠 위 '별이 되며 남긴 말, 반면교사'라는 글이 가슴에 박혔다. 그 뒤를 천천히 따라갔다. 나는 그날 아침, 집을 나서며 생각했다. 세월호 유족의 깊은 슬픔에 가닿을 수 없겠지만, 아주 잠깐이라도 함께 걷고 싶다고. 나의 방점은 '가닿을 수 없다'가 아니라, '함께'에 있었다. 잠깐이지만 혼자라 느끼게 하고 싶지 않았다. 몇 걸음 뒤에서 함께하는 것, 그것이 내가 할 수 있는 작은 노력이라 생각했다.

그러나 그날 함께 걸으며 나는 깨달았다. 내가 아니라, 순례단이 나와 함께 걸어준 것이었다. 이들은 깊이를 알 수 없는 슬픔 안에 있으면서도, 타인은 이런 고통을 겪지 않았으면 하는 마음으로 길 위에 서 있었다. 자신들이 아니라 타인을 위해, 지금이 아니라 미래를 위해 걷고 있었다. 그 마음이 세 걸음 걷고, 한 번 절하는 길 위에 총총히 흩뿌려졌다. 나는 그 뒤를 따라가며 그 고마운 마음을 받고, 또 받았다.

오전 순례를 마치고 도착한 곳은 시원한 나무 그

늘이 있는 작은 공원이었다. 동그랗게 둘러앉아 밥을 먹은 후, 벤치에 누워 쉬던 유가족 한 분과 이야기를 나눴다. 날씨, 정치, 건강 등의 이야기가 두서없이 왔다 갔다. 짧은 이야기와 긴 침묵 끝에, 나는 도무지 할 말을 고를 수 없었다. 그때 그가 나의 손을 살며시 잡았다. 맞잡은 우리의 손에 힘이 들어갔다. 물기를 머금은 그의 눈빛이 나를 보듬었다. 그는 눈으로 말했다. 거대한 아픔을 어찌 마주해야 할지 모르는 나의 미숙함을 이해한다고. 온몸에 들어갔던 힘이 스르르 풀렸다. 나는 생각지도 못한 위로를 받았다.

우리는 모두 자신만의 고유한 궤도 위에서 각자의 세계를 산다. 닿을 수 없는 뒷모습을 보며 걷는 것 같다. 영원히 좁힐 수 없는 거리를 두고 선 우리는 타인을 완벽히 이해하지 못할지도 모른다. 우리의 호흡이 공명하는 순간이 있더라도, 찰나에 불과하다. 함께 걷고 있지만, 이 순간이 끝나면 우리는 각자 다른 낮과 밤을 보낼 것이다.

그런데도 우리는, 지금 함께 걷는다. 아주 짧은 시간일지라도 옆에서 걷는다. 호흡을 나눈다. 눈빛을 맞춘다. 무너진 등산화 뒤꿈치를 본다. 다른 이의 생각을 묻고, 듣는다. 닿을 수 없다는 걸 알면서도, 닿기 위해 노력한다.

인터뷰는 그런 순간의 모음이다. 타인과 마주 앉아 이야기를 듣고, 우리 사이에 머무는 이야기를 당겨와 품고, 안는다. 그 결과 나의 편협한 시선으로 알 수 없던 세상을 보고, 느낀다. 울면서도 웃을 수 있고, 웃으면서 울 수 있다는 걸 알게 된다. 아픈 사람이 덜 아픈 사람을 위로할 수 있음을 깨닫는다. 함께 걷고, 뒤축이 닳아 무너져 내린 등산화를 묵묵히 따라가고, 세상에 없는 아이의 이야기를 듣고, 함께 먹먹한 시간을 삼키고, 땀으로 젖은 축축한 손을 맞잡는 이런 모든 일이, 인터뷰다.

인터뷰를 제대로 하고 나면, 그러니까 타인과 마주 앉아 그가 건네는 그의 세계를 받아들이고, 그의 시선으로 세상을 오롯이 바라보는 귀한 경험을 하고 나면, 우리의 세계는 전과 같지 않다. 나라는 작은 몸에 갇혀 눈앞의 작은 현실만이 전부인 양 살지 않기 위해,

우리에게는 타인의 이야기, 마음, 시선이 필요하다.

누구나 가슴속에 자신만의 이야기가 있다. 조금 더 많은 이야기가 세상 밖으로 나와 사람과 사람 사이를 채워주길 기대한다. 서로가 서로의 이야기를 들어주길, 다른 이의 시선을 경험해보길, 마음을 나누길 기대한다. 그 경험이 쌓여 서로가 서로의 세계를 조금씩 변화시킬 수 있길, 모두의 세계가 조금 더 넓고, 깊어지길 기대한다.

그러니, 지금. 할머니, 아니 누구라도 좋다. 그의 손을 잡고 말해보자.

"당신의 이야기를 들려주세요"라고 말이다.

참고문헌

단행본

경기도사이버도서관, 『전쟁으로 고향을 떠나온 경기도민 이야기』, 더페이퍼, 2015

김달님, 『나의 두 사람』, 어떤책, 2018

김순천 외, 『부서진 미래』, 삶이보이는창, 2007

김정선, 『내 문장이 그렇게 이상한가요?』, 유유, 2016

김정선, 『동사의 맛』, 유유, 2015

루이제 린저, 『삶의 한가운데』, 민음사, 2004

무라카미 하루키, 『직업으로서의 소설가』, 현대문학, 2016

밀양구술프로젝트, 『밀양을 살다』, 오월의봄, 2014

심보선, 『슬픔이 없는 십오 초』, 문학과지성사, 2008

안정효, 『안정효의 자서전을 씁시다』, 민음사, 2019

윤택림, 『문화와 역사 연구를 위한 질적연구방법론』, 아르케, 2013

은유, 『글쓰기의 최전선』, 메멘토, 2015

이재경 · 윤택림 · 이나영 외, 『여성주의 역사쓰기 구술사 연구방법』, 아르케, 2012

이진순, 『당신이 반짝이던 순간』, 문학동네, 2018
정혜윤, 『그의 슬픔과 기쁨』, 후마니타스, 2014
정희진, 『정희진처럼 읽기』, 교양인, 2014
조지 오웰, 『나는 왜 쓰는가』, 한겨레출판, 2015
최현숙, 『할매의 탄생』, 글항아리, 2019
칼 세이건, 『코스모스』, 사이언스북스, 2015
테드창, 『숨』, 엘리, 2019
파블로 네루다, 『질문의 책』, 문학동네, 2013
프리드리히 니체, 『차라투스트라는 이렇게 말했다』, 민음사, 2018
황현산, 『밤이 선생이다』, 난다, 2016
허먼 멜빌 외, 『필경사 바틀비』, 창비, 2017

잡지, 뉴스

'[집중취재] 명절도 잊은 노량진 고시촌, 절박한 공시생들', 〈MBC 뉴스데스크〉, 2017.01.25
'박근혜 대통령 '언어탐구'…"무슨 말이야?"', 〈한겨레〉, 2015.05.18
'101번 마지막움막, 결국 철거 밀양 송전탑, 부상 · 연행자 속출', 〈오마이뉴스〉, 2014.06.10
'노량진 공시촌 블루스', 〈한겨레21〉 제837호
『수원골목잡지 사이다』 V.6, 2013년 8월
『수원골목잡지 사이다』 V.7, 2013년 11월
『수원골목잡지 사이다』 V.9, 2014년 8월

영화

구스 반 산트 감독, 〈파인딩 포레스터〉, 2000

이소현 감독, 〈할머니의 먼 집〉, 2016

이종언 감독, 〈생일〉, 2019

윤제균 감독, 〈국제시장〉, 2014

웹사이트

국립중앙도서관 대한민국 신문 아카이브(https://www.nl.go.kr/newspaper/)

국어평생교육사이트 우리말 배움터(http://urimal.cs.pusan.ac.kr/urimal_new/board/board_info/main.asp?page_num=1&search_str=&id=200)

네이버 뉴스 라이브러리(https://newslibrary.naver.com/search/searchByDate.nhn)